Jingwei He

Zur Poetik des Hörens in Rainer Maria Rilkes *Sonetten an Orpheus*

Diplomica Verlag

He, Jingwei: Zur Poetik des Hörens in Rainer Maria Rilkes *Sonetten an Orpheus*, Hamburg, Diplomica Verlag 2024

Buch-ISBN: 978-3-96146-984-0
PDF-eBook-ISBN: 978-3-96146-484-5
Druck/Herstellung: Diplomica Verlag, Hamburg, 2024

Bibliografische Information der Deutschen Nationalbibliothek:
Die Deutsche Nationalbibliothek verzeichnet diese Publikation in der Deutschen Nationalbibliografie; detaillierte bibliografische Daten sind im Internet über http://dnb.d-nb.de abrufbar.

Hermannstal 119k, 22119 Hamburg
http://www.diplomica-verlag.de, Hamburg 2024
Printed in Germany

Inhaltsverzeichnis

1 Einleitung

Bevor Rilke den Zyklus *Sonette an Orpheus* verfasste, schrieb er Anfang 1922 einige „Auftaktgedichte“. Das letzte dieser Gedichte beginnt mit einer Frage, die eine Wendung gegenüber den *Elegien* präludiert: „Wann wird, wann wird, wann wird es genügen / das Klagen und Sagen?“ Und es schließt mit einer Antwort, die einen neuen poetologischen Entwurf der *Sonette an Orpheus* ankündigen sollte: „Da uns die Sterne / schweigende scheinen, im angeschrieenen Äther! / Redeten uns die fernsten, die alten und ältesten Väter! Und wir: Hörende endlich! Die ersten hörenden Menschen.“[1] Daraus ist festzustellen, dass das Hören als Leitmotiv in den Vordergrund von Rilkes Poetik tritt und sich späterhin zur Grundlage der *Sonette an Orpheus* entwickelt. Damit treten Rühmen und Singen an die Stelle des Klagens und Sagens der *Elegien*.

Die *Sonette an Orpheus* sind der letzte große Gedichtzyklus von Rilke. Er schrieb die 55 Sonette im Februar 1922, nachdem er zuvor die zehn Jahren dauernde Arbeit an den *Duineser Elegien* abgeschlossen hatte. Die Sonette sind in zwei Teile aufgeteilt. Der erste Teil enthält 26, der zweite Teil 29 Sonette. An der Entstehungsgeschichte fällt auf, dass Rilke diese Gedichte in einer unglaublich kurzen Zeit vollendet hat. In nur vier Tagen (2.–5.2.1922) entstehen 25 Gedichte, die fast den kompletten ersten Teil ausmachen. Anschließend entsteht in nur neun Tagen (15.–23.2) der zweite Teil des Orpheus-Zyklus. Für die Festlegung der endgültigen Folge der Gedichte bedurfte die Entstehungsfolge auch nur kleinerer Ergänzungen und Umstellungen.[2] Rilke schildert in zahlreichen Briefen, wie er im Februar 1922 von einer „höhere[n] Gewalt“ ergriffen wird. Er bezeichnet die Sonette als „das geheimste, mir selber, in ihrem Aufkommen und sich-mir-Auftragen, räthselhafteste Diktat“[3]. Dabei wird eine hörende Haltung explizit inszeniert, die für die Entstehung und Programmatik der *Sonette* entscheidend ist.

In der Forschung zum Orpheus-Zyklus wird die Aufmerksamkeit vornehmlich auf Rilkes Adaption des Orpheus-Mythos und die Abstraktionstendenz im Zeichen der Reduktion der Anschaulichkeit gesetzt.[4] Von der Antike bis zur Gegenwart ist der Orpheus-Mythos ein bevorzugtes Sinnbild, in dem Dichteramt und Dichtungswesen reflektiert werden. Mit dem Titel *Sonette an Orpheus* ist ein ganzer Zyklus dem Orpheus gewidmet. Damit bildet er zweifellos den eigentlichen Konvergenzpunkt des Zyklus. Mit der Behandlung des Orpheus-Mythos rückt Rilke ohne Zweifel die poetologischen Reflexionen ins thematische Zentrum. Einerseits hat sich die Rilke-Forschung bisher hauptsächlich mit der Erneuerung des Mythos, der poetologischen Relevanz der Orpheus-Gestalt und Rilkes Verhältnis

1 Rainer Maria Rilke: Werke. Kommentierte Ausgabe in vier Bden (KA 1–4). Hrsg. von Manfred Engel, Ulrich Fülleborn, Horst Nalewski, August Stahl. Bd. 2. Gedichte 1910–1926. Frankfurt am Main und Leipzig: Insel Verlag, 1996, S. 276. Zitiert nach KA 2, 713. Passus und Gedichte werden späterhin unter Angabe von Band- und Seitenzahl zitiert.

2 Vgl. Manfred Engel (Hrsg.): Rilke-Handbuch: Leben – Werk – Wirkung. Unter Mitarb. von Dorothea Lauterbach. Stuttgart; Weimar: Metzler, 2004, S. 405.

3 Brief an Xaver von Moos (20.4.1923), in: Rainer Maria Rilke: Briefe an Schweizer Freunde. Hrsg. von Rätus Luck. Frankfurt am Main: Insel, 1994, S. 256.

4 Vgl. Manfred Engel (Hrsg.): Rilke-Handbuch: Leben – Werk – Wirkung, S. 406–416.

zum Mythos auseinandergesetzt.[5] Andererseits stehen Rilkes *Sonette an Orpheus* unübersehbar unter seiner Poetik der ‚Figur'[6], die als abstrahierendes Zeichen und Träger der Gedichteinheit begreifbar ist. In der semiotischen Tendenz der dichterischen Bilder schlagen sich Rilkes Reflexionen über Raum und Zeit ausdrücklich nieder.[7]

Die vorliegende Studie schließt sich an die beiden Ansätze an und legt den Akzent auf die auffällige poetische Wahrnehmungskonzeption der *Sonette* – das Hören. Das Hören ist zunächst ein Leitmotiv im Orpheus-Mythos und rekurriert im Grunde auf die griechische Tradition, nämlich auf die Anrufung der Muse durch den menschlichen Sänger.[8] Daraus bildet sich auch eine dialogische Struktur heraus, in der der Sänger zugleich Hörender und Sprechender ist. Diese Struktur ist auch in dem Titel *Sonette an Orpheus* erkennbar, indem die Präposition „an" den Orpheus als Adressaten der *Sonette* kennzeichnet.

Die zentrale Bedeutung des Hörens als dichterischen Wahrnehmungssinns in den *Sonetten* ist unübersehbar. Die Hinwendung zum Hören ist nicht nur mit der Reduktion der Anschaulichkeit relevant, sondern prägt auch Rilkes poetologische Programmatik vom Sichtbaren zum Unsichtbaren aus. Ulrich Füllborn hat erstmals mit Bezug auf die *Sonette an Orpheus* von einer „Poetik des Hörens" gesprochen.[9] Zu diesem Thema leistet Annette Gerok-Reiter mit ihrer ausführlichen Monografie *Wink und Wandlung: Komposition und Poetik in Rilkes »Sonette an Orpheus«* einen markanten Beitrag. Sie bezeichnet das Hören als die Grundkategorie des Weltbezugs und analysiert seine Bedeutung für die Organisation der Eindrücke, die Möglichkeit von Erkenntnis und die Erfahrung von Sinn in den *Sonetten*.[10] Nur die Beschäftigung mit dem Hören bleibt beschränkt wegen der Länge. In Silke Pasewalcks Studien *»Die fünffingrige Hand«: die Bedeutung der sinnlichen Wahrnehmung beim späten Rilke* wird die Veränderung des Wahrnehmungssinnes in Rilkes mittlerer bis später Phase ausführlich geschildert, nämlich vom Sehen zum Hören, mit der sich Rilkes Wendung zur Poetik des Hörens erklären lässt.[11] Darüber hinaus hat Jana Schuster darauf hingewiesen, dass während Rilkes Poetik des Sehens in der mittleren Werkphase das Anschauen als mimetische Zeichenakte darstellt, seine späte Poetik des Hörens die

5 Vgl. Beda Allemann: Rilke und der Mythos, in: Rilke heute. Beziehungen und Wirkungen. Bd. 2. Hrsg. von Ingeborg Hildegard Solbrig, Joachim W. Storck. Berlin: Suhrkamp, 1976, S. 7–28; Adriana Cid: Mythos und Religiosität im Spätwerk Rilkes. Frankfurt am Main: Lang, 1992; Seon-Ae Eom: Todesvertrautheit: Deutungen der Orpheus-Gestalt in Rilkes Dichtung. Frankfurt am Main [u.a.]: Lang, 1988.

6 Die einfachen Anführungszeichen (‚...') werden in der vorliegenden Studie für die Hervorhebung von wichtigen Begriffen genutzt. Diese Funktion kann allerdings auch im Fall des Zitierens von doppelten Anführungszeichen übernommen werden.

7 Zu diesem Aspekt bietet Beda Allemanns Monographie *Zeit und Figur beim späten Rilke: ein Beitrag zur Poetik des modernen Gedichtes* (Pfullingen: Neske, 1961) ein grundlegendes Verständnis.

8 Es ist Walter F. Ottos Buch *Die Musen und der göttliche Ursprung des Singens und Sagens* (Darmstadt: Wiss. Buchgemeinschaft, 1954) zu verdanken, das einen elementaren Hinweis auf die Tradition der Anrufung der Muse liefert.

9 Ulrich Fülleborn u. Manfred Engel (Hrsg.): Das neuzeitliche Ich in der Literatur des 18. und 20. Jahrhunderts: zur Dialektik der Moderne; ein internationales Symposion [in Nürnberg und Erlangen vom 15. bis 18. August 1985]. München: Fink, 1988, S. 292.

10 Vgl. Annette Gerok-Reiter: Wink und Wandlung: Komposition und Poetik in Rilkes »Sonette an Orpheus«. Tübingen: Niemeyer, 1996, S. 150–154.

11 Vgl. Silke Pasewalck: »Die fünffingrige Hand«. Die Bedeutung der sinnlichen Wahrnehmung beim späten Rilke. Berlin; New York: de Gruyter, 2002.

imaginative Kraft der Audition entdeckt.[12] In ihrer Monografie *Rainer Maria Rilkes Poetik der Bewegung* hebt Schuster noch den Bewegungsaspekt der Audition hervor, die Nähe und Ferne, Sichtbares und Unsichtbares verbindet.[13] Ihre Analyse erfasst die zwei entscheidenden Aspekte von Rilkes Poetik des Hörens: die Bewegungszüge und die imaginative Kraft beim Hören. Allerdings geht Schuster nicht vertieft auf die *Sonette* ein. Zusätzlich wird dieses Thema in der Beschäftigung mit Rilkes Musikalität lediglich indirekt aufgegriffen.[14] Daraus lässt sich ersichtlich feststellen, dass es noch viel Raum für eine Analyse von Rilkes Poetik des Hörens bleibt.

Die vorliegende Studie setzt sich mit den *Sonetten* mit besonderer Rücksicht auf das Schlüsselwort ‚Hören' auseinander, das als wesentliche poetologische Kategorie des späten Rilkes behandelt wird. Im zweiten Kapitel geht es um die Formbeschreibung des Hörens auf der strukturellen Ebene. Dabei wird zunächst Rilkes Wendung vom Sehen zum Hören im dichterischen Schaffen erläutert. Mit Bezug auf Rilkes Adaption des Orpheus-Mythos und die Tradition der Anrufung der Muse wird die Sprechinstanz in den *Sonetten* als Hörender bestimmt bzw. analysiert. Dabei wird die Einheit von Hören und Sagen erörtert. Zum Ende dieses Kapitels wird ein Exkurs über den Streit zwischen Mythos und Logos in der Kultur- und Philosophiegeschichte einge-schoben, um die metaphysische Spekulation über das Hören zu betrachten, die ebenfalls in *Sonetten* einbezogen wird.

Das dritte Kapitel befasst sich mit der inhaltlichen Bestimmung des Hörens, welche die Musikalität der *Sonette* und auch Rilkes Beachtung der Musik in seiner späteren Phase zum Thema macht. Dazu werden die Gattungscharakteristik des Sonetts, Rilkes Abwandlung der Sonettform und sein Musikverständnis untersucht. Die für Rilkes späte Poetik essenziellen Kategorien Zeit und Raum werden hier erläutert, die in der späteren Interpretation der Sonette als entscheidende poetologische Kategorien aufgegriffen werden.

Das vierte Kapitel krönt die vorliegende Studie und geht vertieft auf die Interpretation der Sonette ein. Es ist in zwei Teile gegliedert, wobei der eine den Aspekt des Hörens bzw. der Wahrnehmung im Zeichen des Ohrs, der andere den Aspekt des Sprechens bzw. des Ausdrucks im Zeichen des Mundes untersucht. Die beiden Teile ergänzen sich gegenseitig und stehen unter der Einheit von Hören und Sagen. Dabei wird auf Rilkes zwei Konzeptionen ‚das Offene' und ‚die Figur' konzentriert. Es wird ersichtlich, dass sich die Identität von Wahrnehmung und Ausdruck in *Sonetten* als poetisches Ideal begreifen lässt, das Rilke zur Reflexion über die Subjekt-Objekt-Relation, Sprachgrenze und die evokative Kraft des Schweigens motiviert.

12 Vgl. ebd., S. 111.

13 Vgl. Jana Schuster: »Umkehr der Räume«. Rainer Maria Rilkes Poetik der Bewegung. 1. Aufl., Berlin: Rombach, 2011, Kapitel 2.4., S. 104–122.

14 Thomas Martinec: Musik und Verwandlung in Rilkes *Sonetten an Orpheus*, in: Jörg Paulus u. Erich Unglaub (Hrsg.): Rilke in Bern: Sonette an Orpheus. Göttingen: Wallstein Verl., 2014, S. 159–174; Antonia Egel: „Musik ist Schöpfung": Rilkes musikalische Poetik. Würzburg: Ergon Verlag, 2014; Thomas Martinec (Hrsg.): Rilkes Musikalität. Göttingen: V & R unipress, 2019.

2 Der Zusammenhang zwischen Hören und Orpheus-Mythos

2.1 Vom Sehen zum Hören: Verwandlung vom Sichtbaren zum Unsichtbaren

„Weil der Gott ihn beseelt, so wird er dem Hörer zum Gotte, […]“

— Schiller, *Das Glück*[15]

Am Anfang des ersten Sonetts des Zyklus *Sonette an Orpheus*[16] entsteht ein Baum mit dreimaligem anrufendem „O“ unmittelbar im Ohr:

1

Da stieg ein Baum. O reine Übersteigung!
O Orpheus singt! O hoher Baum im Ohr!
Und alles schwieg. Doch selbst in der Verschweigung
ging neuer Anfang, Wink und Wandlung vor.

Diese Strophe weist zuallererst eine appellative Struktur und eine hierarchisch-vertikale Ausrichtung an Orpheus auf. Zweitens steht eine ungewöhnliche Beschreibung eines Ohrs im Zentrum, das sowohl einen rezeptiven als auch schöpferischen Raum ermöglicht. Die übersinnliche Stimme von Orpheus ist in dem inneren Baum des Ohrs vernehmbar. Damit wird ausdrücklich eine Haltung des Hörens konstruiert, die der Wahrnehmungs- bzw. Darstellungsweise des ganzen Zyklus zugrunde liegt. Das Hören wird als wesentliche Voraussetzung für die Organisation sinnlicher Eindrücke und die sich daraus ergebende Erkenntnis dargestellt. Ohr und Mund, Hören und Singen sind die komplementären Leitbegriffe der *Sonette an Orpheus*.[17]

Die Hinwendung vom Sehen zum Hören markiert einen essenziellen Ansatz von Rilkes später Poetik. Die Poetik von Rilkes mittlerer Werkstufe steht fraglos im Zeichen des ‚Sehens‘. In *Die Aufzeichnungen des Malte Laurids Brigge* lässt Rilke seinen Sprecher Malte sagen: „Ich lerne sehen. Ich weiß nicht, woran es liegt, es geht alles tiefer in mich ein und bleibt nicht an der Stelle stehen, wo es sonst immer zu Ende war.“[18] Das Leitwort ‚Sehen‘ bezieht sich vor allem auf das objektive Beobachten des Gegebenen. In einer bewussten Orientierung an der Konzeption ‚Sehen‘ entstehen *Neue Gedichte* zwischen 1902 und 1908[19], in denen die Sachlichkeit als poetisches Ideal fungiert.

Rilkes Sehkonzept formt sich vor allem in der Auseinandersetzung mit den Plastiken Rodins und der Malerei Cézannes.[20] Im Rodin-Buch wird die Sachlichkeit des Sehens bereits erstrebt, die durch die Begriffe ‚Namenlosigkeit‘ und ‚Absichtslosigkeit‘ artikuliert

15 Friedrich Schiller: Musen-Almanach für das Jahr 1799. Tübingen: J. G. Cotta, 1798, S. 62–68, hier S. 66.

16 Gedichte werden zitiert nach den Erstdrucken von 1923. Kritisch hrsg. von Wolfram Groddeck. Stuttgart: Reclam, 1997 (Reclams Universal-Bibliothek 9624).

17 Vgl. Annette Gerok-Reiter: a. a. O., S. 153.

18 Rainer Maria Rilke: Sämtliche Werke in 7 Bden (SW 1–7). Hrsg. vom Rilke-Archiv in Weimar; in Verbindung mit Ruth Siber-Rilke besorgt durch Ernst Zinn. Bd. 6. Malte Laurids Brigge. Prosa 1906–1926. Wiesbaden: Insel-Verl., 1966, S. 710. Passus und Gedichte werden späterhin unter Angabe von Band- und Seitenzahl zitiert.

19 Vgl. Winfried Eckel: Landschaft als Klangraum. Zum Soundscape des Wallis in Rilkes später Lyrik, in: Thomas Martinec (Hrsg.): Rilkes Musikalität, S. 113–138, hier S. 115.

20 Vgl. Silke Pasewalck: a. a. O., S. 34.

wird. Viel stärker betont wird in den Cézanne-Briefen das sachliche Schauen.[21] Zur Kategorie der Sachlichkeit gehören die Begriffe ‚Ahnungslosigkeit', ‚Namenlosigkeit', ‚Unparteilichkeit', ‚Absichtslosigkeit' und ‚Anonymität'.[22] Alle diese Bezeichnungen unterstreichen den Anspruch, von Vorwissen und bestehenden Vorlieben im Schauen abzusehen. Bei Cézanne sah Rilke einst die Realisation des reinen Sehens. Darüber schrieb er am 23. Oktober 1907 an Clara:

> Und wie groß und unbestechlich diese Sachlichkeit seines Anschauens war, wird auf beinah rührende Weise durch den Umstand bestätigt, daß er sich selbst, ohne im entferntesten seinen Ausdruck auszulegen oder überlegen anzusehen, mit so viel demütiger Objektivität wiederholte, mit dem Glauben und der sachlich interessierten Teilnahme eines Hundes, der sich im Spiegel sieht und denkt: da ist noch ein Hund.[23]

Rilke vergleicht den Blick von Cézanne ebenfalls an anderer Stelle mit dem Blick eines Hundes im Brief vom 12. Oktober 1907: „Wie ein Hund hat er davorgesessen und einfach geschaut, ohne alle Nervosität und Nebenabsicht."[24] Das Schauen des Hundes ist eine von der Subjektivität befreite, unvoreingenommene Perspektive. Postuliert wird hier ein reines Sehen, das sich jenseits aller vorgängigen Erfahrungen allein auf das Gegebene konzentriert. Diese Sehweise konvergiert mit dem „sehenden Sehen", das Max Imdahl herausstellt und mit dem „wiedererkennenden Sehen" kontrastiert. Dabei bezieht sich Letzteres auf eine Haltung, die lediglich das „im Sehenden schon vorgefaßte Konzept"[25] bestätigt. Im Unterschied dazu steht ein sehendes Sehen dafür, sich nicht auf schon vorgegebene Konzepte zu beziehen, sondern Teile einer Bildkonstruktion als „optisch autonome, immanent geregelte"[26] zu begreifen. In Anlehnung daran ist das reine Sehen bei Rilke immer ein sehendes Sehen, das von allen konventionellen Sehweisen und Denkmustern befreit ist.

Diese gefestigte Konzeption über das reine Sehen geriet aber während des Spanien-Aufenthalts ins Wanken. Angesichts der Eindrücke der spanischen Landschaft erscheint Rilke sein bisher geübter Gebrauch des Sehens als unzureichend.[27] In seinem Brief an Lou Andreas-Salomé vom 19.12.1912 beschreibt er das Schauen als unfruchtbar:

> [U]nd jetzt sitz ich da und schau und schau, bis mir die Augen wehtun, und zeig mirs und sag mirs vor, als sollt ichs auswendig lernen, und habs doch nicht und bin so recht einer, dems nicht gedeiht.[28]

21 Vgl. MiRi Park: Jenseits der Referenz?: Ästhetik und Poetik der Abstraktion im mittleren Werk R. M. Rilkes. München: M-Press Meidenbauer, 2008, S. 83.

22 Vgl. ebd., S. 85.

23 Rainer Maria Rilke: Briefe über Cézanne. Hrsg. von Clara Rilke. Wiesbaden: Insel-Verl., 1952, S. 41.

24 Ebd., S. 26.

25 Max Imdahl: Gesammelte Schriften 3. Reflexion, Theorie, Methode. Hrsg. und eingel. von Gottfried Boehm. 1. Aufl., Frankfurt am Main: Suhrkamp, 1996, S. 304.

26 Ebd.

27 Vgl. Pasewalck: a. a. O., S. 48f.

28 Brief an Lou Andreas-Salomé (19.12.1912), in: Rainer Maria Rilke: Briefe 1. 1897 bis 1914. Hrsg. vom Rilke-Archiv in Weimar; in Verbindung mit Ruth Siber-Rilke besorgt durch Karl Altheim. Wiesbaden: Insel-Verl., 1950, S. 421.

Rilke bezeichnet das Sehen an anderer Stelle sogar ausdrücklich als überladen, wenn er rückblickend 1914 an die Musikerin Magda von Hattingberg schreibt:

> Und da schaute man nun und war, wie Moses, mit dem ganzen Gesicht ans Ungeheure verpflichtet. Nun hatte ich schon die Jahre vorher vor den größesten Eindrücken gestanden, plötzlich in Ronda [...] wurde mirs klar, daß mein Sehen überladen sei, auch dort noch ging der Himmel so großartig vor und die Wolkenschatten zogen einen solchen Ausdruck über das Wesen der Erde –, ach da saß ich und war wie am Ende meiner Augen, als müßte man jetzt blind werden um die eingenommenen Bilder herum, oder, wenn schon Geschehen und Dasein unerschöpflich sind, künftig durch einen ganz anderen Sinn die Welt empfangen: Musik, Musik: das wär es gewesen. [...] und empfand wie in jenes wunderbare Element (ich kenne es kaum, auch war es immer zu stark für mich) die Welt gelöster übergeht, und es gab mir ein überfülltes, fast müheloses Glück, sie von dort her hereinzufühlen [...][29]

Das reine Sehen, das durch kein Vorwissen oder keine beeinflusste Wahrnehmung vorgeprägt wird, wurde von Rilke in dieser Phase als unmöglich empfunden. Andererseits stößt Rilke in diesem Moment an die Grenze des Anschauens. Aus der philosophischen Perspektive ist Sehen mit dem Erkennen untrennbar verbunden. „Sehen ist selber schon ein Formulierungsprozeß; unser Verständnis der sichtbaren Welt beginnt im Auge."[30] Die Krise des Sehens ist im Grunde eine Erkenntnis- bzw. Sprachkrise. Das Sehen erscheint als Wahrnehmungsweise angesichts der Unerschöpflichkeit der Welt als unzulänglich. Mit dem Hinweis auf die Musik in diesem Passus wird das Gehör als neues poetisches Wahrnehmungskonzept impliziert.

Unter dem neuen Sehen versteht man zweierlei Anschauungsweisen: Neues zu sehen und auf neuartige Weise zu sehen. Im erstgenannten Falle ist das Neue also ein neuer, noch nicht erkannter Gegenstand, im zweiten Falle handelt es sich dagegen um einen neuartigen Modus der visuellen Erfahrung.[31] In diesem Sinne gilt Hören als neue Art des Sehens, die sich auf das Unsichtbare konzentriert. Diesen neuen Modus beschreibt Rilke als „neu wie eines Tragkindes Fußsohle"[32]. In diesem Vergleich wird die Unverstelltheit und Anfängerschaft dieses Sinnes zum Ausdruck gebracht.[33] Offensichtlich steht dabei der Anspruch auf die Reinheit der Wahrnehmungsweise noch im Vordergrund. Daher tritt Hören nicht als Gegenteil des Sehens, sondern vielmehr als ein diesem komplementärer Aspekt hinzu.

Mit der Wendung zum Hören verschiebt sich der Fokus vom Sichtbaren zum Unsichtbaren. Die Relativierung der Bedeutung der Anschauung bildet die poetologische Schwelle zwischen der mittleren und der späten Werkstufe Rilkes. Das poetologische Prinzip der

29 Eva Söllner (Hrsg.): Rilke in Spanien. Briefe. Gedichte. Tagebücher. Frankfurt a. M.: Insel, 1993, S. 123f.

30 Susanne K. Langer: Philosophie auf neuem Wege: das Symbol im Denken, im Ritus und in der Kunst. 2., unveränd. Aufl., Mittenwald: Mäander, 1979, S. 97.

31 Vgl. Bernhard Waldenfels: Ordnungen des Sichtbaren, in: Gottfried Boehm (Hrsg.): Was ist ein Bild? München: Fink, 1994, S. 233–252, hier S. 237.

32 Brief vom 26.1.1914, in: Söllner (Hrsg.): Rilke in Spanien, a. a. O., S. 124.

33 Vgl. Pasewalck: a. a. O., S. 241.

mittleren Phase ist die Sichtbarkeit, die als Zielpunkt der poetischen Bilder und der sichtbaren Gestalt aufgefasst wird. Spätestens seit *Die Aufzeichnungen des Malte Laurids Brigge* erkennt Rilke, dass die tiefere Wirklichkeit im Unsichtbaren vorkommt; das Wichtige sei, durch die Oberfläche des Lebens in eine Tiefendimension vorzustoßen und das Unsichtbare darin aufzudecken.[34] Sichtbares und Unsichtbares, Präsenz und Absenz, lassen sich als zentrale Kategorien in Rilkes spätestem Werk begreifen.[35] Vor dem unsichtbaren Bereich liegt die Grenze des Anschauens. „Denn des Anschauens, siehe, ist eine Grenze [...]" und Rilke erklärt in dem Gedicht *Wendung* (SW 2, 82–84): „Werk des Gesichts ist getan, / tue nun Herz-Werk". Hier wird eine Bewegung von außen nach innen suggeriert. Rilke selbst bezeichnet seine poetische Arbeit überhaupt als „[s]eine innerliche Arbeit und Besinnung"[36]. Diese Tendenz zur Verinnerlichung begleitet die Wendung zum Hören. In der siebten Elegie lautet es: „Nirgends, Geliebte, wird Welt sein, als innen. Unser / Leben geht hin mit Verwandlung. Und im-mer geringer schwindet das Außen." (DE 7, V. 50–52)[37] Verinnerlichung zielt bei Rilke jedoch nicht auf die Zuwendung zu einer heilen, weltabgeschlossenen Sphäre des Geborgenseins, sondern es geht um dichterisches Denken, die Verwandlung seines Welterlebens in poetische Bilder. In dem Verinnerlich-ungsvorgang transzendieren die Dinge ihre dinglich-materielle Existenz, gehen von der sichtbaren Materie in eine unsichtbare Form über. Das ist eine Verwandlung vom Sichtbaren ins Unsichtbare. Darüber schrieb Rilke an Wit-old von Hulewicz in einem Brief aus Muzot:

> Verwandelt? Ja, denn unsere Aufgabe ist es, diese vorläufige, hinfällige Erde uns so tief, so leidend und leidenschaftlich einzuprägen, daß ihr Wesen in uns „unsichtbar" wieder aufersteht. Wir sind die Bienen des Unsichtbaren.[38]

Im angeführten ersten Sonett findet ebenfalls diese Verwandlung von außen nach innen, vom Sichtbaren ins Unsichtbare statt:

1 Da stieg ein Baum. O reine Übersteigung!
O Orpheus singt! O hoher Baum im Ohr!
Und alles schwieg. Doch selbst in der Verschweigung
ging neuer Anfang, Wink und Wandlung vor.

Die dichterische Bewegung entfaltet sich sowohl in der vertikalen wie auch der horizontalen Dimension. In der vertikalen Dimension steigt ein Baum von unten nach oben. Das Verbalsubstantiv „Übersteigung" ist als *Transcendance* ins Französische übersetzbar, das

34 Vgl. Beda Allemann: Rilke und der Mythos, in: Rilke heute. Beziehungen und Wirkungen. Bd. 2. Hrsg. von Ingeborg Hildegard Solbrig u. Joachim W. Storck. Berlin: Suhrkamp, 1976, S. 13.

35 Vgl. Manfred Engel: Die Sonette an Orpheus als Beginn des spätesten Werkes, in: Karen Leeder u. Robert Vilain (Hrsg.): Nach Duino: Studien zu Rainer Maria Rilkes späten Gedichten. Göttingen: Wallstein-Verl., 2010, S. 15–27, hier S. 16.

36 Brief an Frau Amann-Volkart (ohne genaues Datum, vermutlich Januar 1922), in: Rainer Maria Rilke: Briefe aus Muzot 1921–1926. Hrsg. von Ruth Sieber-Rilke. Leipzig: Insel-Verl., 1935, S. 71.

37 DE: Abkürzung für *Duineser Elegien*. Zitiert nach den Erstdrucken von 1923 (Reclams Universal-Bibliothek 9624).

38 Dieser Brief, ohne Datum, beginnt als ausgefüllter Fragebogen. Briefstempel: Sierre, 13. XI. 25. In: Briefe aus Muzot 1921–1926, S. 335.

sich als Nachbildung der metaphysischen Handlung des Transzendierens erklären lässt.[39] Auf der horizontalen Ebene kommt eine Verschränkung der Vorstellung von außen und innen, Sichtbarem und Unsichtbarem vor. Das Deixiswort „da" (V. 1), das im lokalen Sinne zunächst die Vorstellung des äußeren Raums hervorruft, erweist sich im zweiten Vers als Verweis auf das Innere im Ohr. In dem Verwandlungsvorgang verwandelt sich der Baum ins Unsichtbare. Ferner enthält das „da" auch einen temporalen Hinweis auf die Vergangenheit. Hinsichtlich des Tempus ist festzustellen, dass nur das Verb „singen" (V. 2) im Präsens steht, die anderen Verben dagegen im Präteritum, was für sämtliche Verben des ganzen Sonetts gilt. Da die erste Periode im ersten Vers nicht vollständig ist, lässt sich das „da" auch als kausale Konjunktion verstehen. Damit wird angedeutet, dass lediglich Orpheus sich in der Anwesenheit befindet und sein Gesang die Übersteigung bzw. Verwandlung des Baums bewirkt. In diesem singenden Raum teilt alles die Verschweigung, die allerdings keinesfalls einen statischen Zustand bedeutet. Das Präfix „ver-" zeigt wiederum eine Bewegung an, die durch „Anfang, Wink und Wandlung" (V. 4) auf der semantischen Ebene unterstützt wird. Beim Zuhören des orphischen Gesangs wird alles dynamisiert und geht in eine Verwandlung über. Hierbei ist der Zusammenhang zwischen Gehorchen und Hören nicht zu vernachlässigen: „Gehorchen" gehört zur Bedeutung des Wortes „Hören". Rilke war sich der sprachlichen Zusammengehörigkeit der beiden Wörter bewusst, als er die poetische Behandlung des Orpheus-Mythos mit dem Gehorsam gegenüber der Tradition gleichsetzt:

> In der Tat, je mehr uns die Tradition äußerlich abgeschränkt und abgeschnürt wird, desto entscheidender wird es für uns, ob wir fähig bleiben, zu den weitesten und geheimsten Überlieferungen der Menschheit offen und leitend zu bleiben. Die Sonette an Orpheus sind, so verstehe ich sie immer mehr, ein im letzten Gehorsam geleisteter effort in dieser tiefen Richtung [...][40]

Es lässt sich ganz ohne Übertreibung behaupten, dass sich Rilkes hauptsächliche Rezeption des Orpheus-Mythos um das Leitwort ‚Hören' dreht. 1920 schenkte Baladine Klossowska (Merline) Rilke ein Exemplar von Ovids *Metamorphosen*. Sie hatte auch eine Postkarte in Muzot aufgehängt, die den singenden Orpheus am Fuß eines Baumes zeigt, dessen Gesang Rehen, Hasen und ein Raubvogel begeistert lauschten.[41] Mit der Haltung des Hörens lauscht auch Rilke dem magischen Gesang des Orpheus und lässt einen singenden Raum im Hören entstehen. Somit greift Rilke auf die noch ungeteilte Einheit von Hören und Sagen zurück, die aus der griechischen Antike überliefert ist.

39 Vgl. Christoph König u. Kai Bremer (Hrsg.): Über „Die Sonette an Orpheus" von Rilke: Lektüren. Göttingen: Wallstein Verlag, 2016, S. 20.

40 Brief an Margot Sizzo (6.1.1923), in: Rainer Maria Rilke: Briefe 2. 1919 bis 1926. 1. Aufl.. Frankfurt am Main; Leipzig: Insel-Verl., 1991, S. 268.

41 Vgl. Gerok-Reiter: a. a. O., S. 24f.

2.2 Die Sprechinstanz: Hörender und Berufener des Orpheus

Die meisten Einzelheiten des Orpheus-Mythos werden im Zyklus *Sonette an Orpheus* nicht dargestellt. Im Zyklus tritt der Name Orpheus nur ganz selten unmittelbar auf. Im ersten Teil ist das Orpheus-Motiv noch deutlich erkennbar; im zweiten Teil fällt der Name nur im vorletzten Sonett. Trotz der Anonymität des Orpheus sind zahlreiche Momente des orphischen Mythos in andeutender Weise in den Zyklus verwoben, die nur in einer rückblickenden Betrachtung der Erzählung des ganzen Mythos identifiziert werden können.
Orpheus gilt meist als Sohn der Muse Kalliope und des thrakischen Königs Oiagros, seltener des Apollon.[42] Damit hat Orpheus eine unmittelbare Verbindung zur musischen Inspiration. Apollon soll sein Lehrmeister gewesen sein und ihn auf der Leier unterrichtet haben, die Hermes dem Apollon und dieser dem Orpheus schenkte.[43] In den waldigen Schluchten des Olympos lockt Orpheus mit den Tönen seiner Leier und seines Gesanges Steine, Bäume, Felsen an und versammelt die wilden Tiere um sich, die sich seiner Musik hingeben.[44] Diese Szene gibt Rilke unmittelbar Inspiration beim Schaffen der Sonette, was besonders im ersten Sonett erkennbar ist.
Nach dem Tode von Eurydike stieg Orpheus in die Unterwelt hinab, um von den Totengöttern Eurydikes Rückkehr zu den Lebenden zu erbitten. Mit wehklagendem Gesang erweichte er die Götter der Unterwelt.[45] Es wird in Ovids *Metamorphose* beschrieben, dass, während Orpheus sang, der Höllenhund Kerberos nicht bellte; das Rad des Ixion stehenblieb; Tityos' Leber nicht zerfleischt wurde; Sisyphos sich auf seinen Stein setzte; Tantalos Hunger und Durst vergaß und selbst die Furien weinten (Vgl. Met., X, 40–46) – also alles von Orpheus' Gesang verzaubert und still wurde. Die Stille bzw. das Schweigen wird einerseits als Prämisse für das Hören und andererseits als komplementäres Element zum Singen im Zyklus inszeniert.
Nach Eurydikes Tod wendete sich Orpheus von Frauen ab und führte in Thrakien die Knabenliebe ein. Vermutlich deshalb wird er von zornigen Thrakerinnen zerrissen, oder auch von Mänaden auf Befehl des Dionysos, da Orpheus diesen weniger als Helios verehrte.[46] Die betrunkenen Thrakerinnen hatten den zarten Sänger mit Speeren und großen Steinen überfallen und seinen Leib in Stücke zerrissen, seinen Kopf abgeschnitten, die Leier zerstört und sie zuletzt ins Meer geworfen. Aber das Haupt schwamm singend und die Leier tönte weiter. Weil man nach Apollon und Orpheus keinen würdigen Besitzer finden konnte, wurde seine Leier von Zeus als Lyra unter die Sternbilder gesetzt.[47] Das Sternbild gilt Allemanns Meinung nach als die wichtigste Figur im Spätwerk Rilkes.[48] Der Tod des Orpheus

42 Vgl. Hubert Cancik u. Helmuth Schneider (Hrsg.): Der neue Pauly: Enzyklopädie der Antike. Bd. 9: Altertum. Or – Poi. Stuttgart; Weimar: Metzler, 2000, S. 54.

43 Vgl. Karl Kerenyi: Die Heroen der Griechen. Zürich: Rhein-Verlag, S. 300.

44 Vgl. Kerenyi: a. a. O., S. 300; Publius Ovidius Naso: Metamorphosen: lateinisch-deutsch. Herausgegeben und übersetzt von Niklas Holzberg. Berlin; Boston: De Gruyter, 2017. Im Folgenden fortlaufend im Text zitiert als „Met., Buch, Vers". Hier: Met., XI, I ff.

45 Vgl. Der neue Pauly, Bd. 9, S. 54.

46 Vgl. ebd., S. 55.

47 Vgl. Kerenyi: a. a. O., S. 306.

48 Vgl. Allemann: Zeit und Figur beim späten Rilke: ein Beitrag zur Poetik des modernen Gedichtes, S. 70.

wird im Sonett I. 26 nach der Überlieferung szenisch dargestellt.

Mit der Verwendung des Orpheus-Mythos darf Rilke als Vermittler einer höheren Instanz angesehen werden. Rilke selber schildert in zahlreichen Briefen, wie er im Februar 1922 von einer „höhere[n] Gewalt" ergriffen wird. Er erklärt eine fremde Macht zum Schöpfer und ernennt sich zu ihrem Mittler:

> Sie sind vielleicht das geheimste, mir selber, in ihrem Aufkommen und sich-mir-Auftragen, räthselhafteste Diktat, das ich je ausgehalten und geleistet habe; der ganze erste Theil ist, in einem einzigen athemlosen Gehorchen, zwischen dem 2. und dem 5. Februar 1922 niedergeschrieben, ohne daß ein Wort im Zweifel oder zu ändern war![49]

Der von Rilke beschriebene Zustand lässt sich als Ergriffensein von der Muse begreifen. Nach der griechischen Tradition ist der von der Muse Ergriffene der echte Dichter im Gegensatz zu dem lediglich geschickten Verseschmied.[50] Zu ihm kommt der Wahnsinn, nämlich die Erhebung und Erleuchtung des Geistes. Das Singen und Sagen lässt sich ursprünglich nur von einer Gottheit vollbringen. Die menschlichen Sänger hängen deshalb ganz von der Muse ab.[51] Daher rufen die griechischen Dichter die Muse häufig in den Versen an. Bereits Homer beginnt die *Ilias* dadurch, dass er sich der Muse unterstellt: „Singe, Göttin, den Zorn des Peleiaden Achilleus, [...]"[52] Daraus ergibt sich die rhetorische Figur der Invokation, die als Säkularisierung der Anrufung der Muse aufgefasst werden kann. In *Sonetten* verwendet Rilke auch bewusst häufig das Anrufungszeichen „O", das die Assoziation mit dem Orpheus nahelegt. Das zeigt eine für das späteste Werk charakteristische Sprachgebärde an, für die Ulrich Fülleborn den Terminus „Evokativ" vorgeschlagen hat: ein „aufrufendes [N]ennen".[53] Diese Sprachgebärde kann auch durch die rhetorische Figur Invokation gekennzeichnet werden.[54] Durch Verwendung der Invokation greift der Sprechende in den *Sonetten* auf die Tradition der Anrufung der Muse zurück. Der Dichter sei also der Hörende, ehe er selber seine Stimme erhebe; es sei der Gott selbst, der in seiner Stimme singe.[55]

Walter F. Otto verweist auf den Zusammenhang zwischen der Schöpfung der Welt und dem musischen Gesang: „[E]s ist die Offenbarung des Seins der Dinge und so mit dem Sein

49 Brief an Xaver von Moos (20.4.1923), in: Rilke: Briefe an Schweizer Freunde, S. 256.

50 Vgl. Otto: Die Musen und der göttliche Ursprung des Singens und Sagens, S. 31.

51 Vgl. ebd., S. 31. Zu dem Numerus der Musen: Die neun Musen können auch als Einheit betrachtet werden. Daher stehen die zwei Schreibweisen – Muse und Musen – nicht im Widerspruch miteinander.

52 Ilias Homerus: griechisch – deutsch: mit Urtext, Anhang und Registern. Übertragen von Hans Rupé. 16. Auflage. Berlin: De Gruyter, 2014, S. 7.

53 Ulrich Fülleborn: Das Strukturproblem der späten Lyrik Rilkes: Voruntersuchung zu einem historischen Rilke-Verständnis. Heidelberg: Winter, 1960, S. 172. Zitiert nach Rilke-Handbuch, S. 408.

54 Invokation bezieht sich auf die unmittelbare Anflehung oder Anrufung Gottes oder der Musen, während Apostrophe das Abwenden des Dichters von der Wirklichkeit und anrufendes Hinwenden zu Gestalten visionärer Wirklichkeit bezeichnet. Indem Orpheus in den *Sonetten* als Gott gerühmt wird, soll die rhetorische Figur als Invokation benannt werden. Vgl. Ivo Braak: Poetik in Stichworten: literaturwissenschaftliche Grundbegriffe. 8., überarb. und erw. Aufl.. Berlin; Stuttgart: Borntraeger, 2001, S. 62.

55 Vgl. Otto: a. a. O., S. 71.

der Dinge eins, daß ohne den Gesang das Schöpfungswerk nicht vollendet, die Welt nicht vollkommen wäre."[56]Als Zeus die Welt geordnet hatte, betrachteten die Götter mit Staunen die Herrlichkeit der Welt. Endlich fragte sie Zeus, ob sie noch etwas vermissten. Da antworteten sie, es fehlte noch eins: eine Stimme, um seine ganze Schöpfung in Worten und Tönen zu preisen. Dazu baten sie den Zeus, die Musen zu erschaffen.[57] Das zeigt an, dass die Dinge und ihre Herrlichkeit ausgesagt werden müssen, ansonsten ist ihr Sein noch nicht vollendet. Die Musen werden folglich erzeu-gt, um das Wunder der Welt zu künden und zu rühmen.[58] Darauf gründet sich Rilkes Rühmen in *Sonetten an Orpheus*:

1 Rühmen, das ists! Ein zum Rühmen Bestellter,
ging er hervor wie das Erz aus des Steins
Schweigen. Sein Herz, o vergängliche Kelter
eines den Menschen unendlichen Weins.

Im Zusammenhang mit dem musischen Gesang gilt das Rühmen als Verkündung bzw. Vollendung der Welt. Ein zum Rühmen Bestellter ist ein Berufener vom singenden Gott, dessen Singen zugleich Rühmen bedeutet. Das „Schweigen" (V. 3) spielt gerade auf die hörende Haltung an. Der Berufene tönt nicht mehr aus seiner endlichen Subjektivität, sondern schweigend aus dem Gehorchen des göttlichen Tönens, in dem sich das unendliche Sein offenbart und vollendet. Die Vergänglichkeit des Wortes, die durch die „vergängliche Kelter" (V. 3) angesprochen wird, wird durch das Rühmen überwunden. Weil das Rühmen des Dichters mit Bezug auf Gott ein göttliches Wort ist, ist es eigentlich dem Zeitlichen enthoben.[59] Zeitlichkeit und Vergänglichkeit gehören zu den bedeutenden Themen der *Sonette an Orpheus* sowie der *Duineser Elegien*. Von der Verwandlung des Sichtbaren ins Unsichtbare lässt sich der Anspruch der Überwindung der Vergänglichkeit unübersehbar feststellen:

> Die Erde hat keine andere Ausflucht, als unsichtbar zu werden: in uns, die wir mit einem Teil unseres Wesens am Unsichtbaren beteiligt sind, Anteilscheine (mindestens) haben an ihm, und unseren Besitz an Unsichtbarkeit mehren können während unseres Hierseins, – in uns allein kann sich diese intime und dauernde Umwandlung des Sichtbaren in Unsichtbares, vom sichtbar- und greifbar-sein nicht länger Abhängiges vollziehen, wie unser eigenes Schicksal in uns fortwährend zugleich vorhandener und unsichtbar wird.[60]

Nur durch die Verwandlung ins Unsichtbare kann die vergängliche Erde gerettet und bewahrt werden. Diese Verwandlung hat damit zweierlei Ausrichtungen: Einerseits geht es um das Sichtbarmachen des Unsichtbaren[61], andererseits um die Darstellung des

56 Ebd.
57 Vgl. Otto: a. a. O., S. 28.
58 Ebd.
59 Vgl. ebd., S. 35.
60 Brief an Witold von Hulewicz, in: Briefe aus Muzot 1921–1926, S. 336.
61 Gerok-Reiter hat auch darauf hingewiesen, dass bei Rilke nicht nur das optisch Sichtbare wiedergegeben werden soll, sondern auch das Unsichtbare, das Abwesende, das nur Mögliche. Das

Unsichtbaren in einer unvergänglichen Weise. Das Letztere lässt sich auch als „Bewahrung der noch erkannten Gestalt“ (DE 7, V. 66f) begreifen. Die Bewegung in beide Richtungen entspricht gerade dem Verhältnis des Hörens und Sprechens. Der menschliche Sänger vernimmt das göttliche Tönen von innen und spricht es mit seiner Menschenstimme nach außen aus.

Die Verwandlung vom Sichtbaren ins Unsichtbare betrifft stets diese zweifache Bewegung. Bei Rilke bedeutet das Unsichtbare keinen Gegensatz zum Sichtbaren, sondern die Rückseite der Dinge, die einen Teil des Ganzen ausmacht. Selbst der Tod ist nur die Rückseite des Lebens:

> [W]ie der Mond, so hat gewiß das Leben eine uns dauernd abgewendete Seite, die nicht sein Gegen-Teil ist, sondern seine Ergänzung zur Vollkommenheit, zur Vollzähligkeit, zu der wirklichen heilen und vollen Sphäre und Kugel des Seins.[62]

Der Tod ist nur die Rückseite des sichtbaren Lebens, kein Gegenteil, sondern unerlässliche Ergänzung zur und unerlässlicher Bestandteil von der Vollzähligkeit. Hieran zeigt sich Rilkes holistischer Gedanke. Demzufolge bekommt der Teil seine Bedeutung von dem Ganzen zugeteilt. Die Beziehung zwischen Vorderseite und Rückseite impliziert auch, dass das Unsichtbare der sichtbaren Erscheinung zugrunde liegt. Alles Sichtbare haftet am Unsichtbaren; beide ergänzen sich gegenseitig.[63] Die Verwandlung ist im Wesentlichen ein Versuch, die Vollzähligkeit des Sichtbaren und Unsichtbaren zu verwirklichen. Leben und Tod sind lediglich die jeweiligen extremen Ausdrücke für diese beiden Pole. In diesem Sinne vollzieht sich beim Tod von Orpheus die radikalste Verwandlung vom Sichtbaren zum Unsichtbaren, die zugleich gewisse Vereinigung realisieren lässt.

1 Du aber, Göttlicher, du, bis zuletzt noch Ertöner,
da ihn der Schwarm der verschmähten Mänaden befiel,
hast ihr Geschrei übertönt mit Ordnung, du Schöner,
aus den Zerstörenden stieg dein erbauendes Spiel.

2 Keine war da, daß sie Haupt dir und Leier zerstör',
wie sie auch rangen und rasten; und alle die scharfen
Steine, die sie nach deinem Herzen warfen,
wurden zu Sanftem an dir und begabt mit Gehör.

3 Schließlich zerschlugen sie dich, von der Rache gehetzt,
während dein Klang noch in Löwen und Felsen verweilte
und in den Bäumen und Vögeln. Dort singst du noch jetzt.

Sichtbarmachen des Unsichtbaren sei gleichsam das inhärente Komplementärprogramm zur „Verwandlung des Sichtbaren ins Unsichtbare“. Vgl. Gerok-Reiter: a. a. O., S. 256f.

62 Brief an Margot Sizzo (6.1.1923), in: Rainer Maria Rilke: Briefe 2, S. 268.

63 Walther Rehm: Orpheus: der Dichter und die Toten; Selbstdeutung und Totenkult bei Novalis, Hölderlin, Rilke. Düsseldorf: Schwann, 1950, S. 515.

4
O du verlorener Gott! Du unendliche Spur!
Nur weil dich reißend zuletzt die Feindschaft verteilte,
sind wir die Hörenden jetzt und ein Mund der Natur.

(SaO I. 26)[64]

Platon unterscheidet im *Phaidros* (265B) vier Weisen des von den Göttern inspirierten Wahns, der dem Menschen ein Heraustreten aus seinem herkömmlichen Zustand ermöglicht: die der Begeisterung des Sehens (die mit Apollon verbunden ist), die der bacchantischen allumfassenden Seligkeit (mit Dionysios verbunden), die des dichterischen Enthusiasmus (durch die Musen hervorgerufen) und die der erotischen Verzückung (evoziert durch Aphrodite bzw. Eros).[65] Im Tod des Orpheus wird ein dionysisches Schicksal dargestellt, das mit seiner apollinischen Natur vereinigt wird. Aus dieser Vereinigung ergibt sich der dichterische Enthusiasmus der ganzen Natur. In Rilkes Umschreibung scheint sie durch Schicksal und Gesang des Orpheus inspiriert zu werden und zu einer hörenden und sprechenden Einheit geworden zu sein: „[...] sind wir die Hörenden jetzt und ein Mund der Natur." (V. 14)
Die magische Kraft des orphischen Gesangs tritt dabei wiederum in den Vordergrund. Die unorganischen Steine werden mit Gehör begabt. (V. 8) Der Klang des Orpheus bezaubert Löwen, Felsen, Bäume und Vögel wieder und bis jetzt. (V. 10–11) Aus seinem Vernichten entstehen „wir" wie ein griechischer Chor. Der Plural des Personalpronomens „wir" signalisiert noch den Versuch der Entindividualisierung und einer kollektiven Artikulation. Das Vernichten des Orpheus symbolisiert den Zusammenbruch des *principium individuationis*, das der Gott Apollon verkörpert.[66] Durch das Vernichten des Individuums wird der Zugang zum undifferenzierten Sein eröffnet.
Schelling betrachtet den Orpheus als Widersacher des Dionysos und erklärt seinen Tod als Sieg des dionysischen Taumels:

> Er weigert sich den Dionysos (die zerstörende Potenz dieses Princips) zu erkennen, indem er den Helios, oder, wie dieß später gedacht wurde, den Apollon für den größten Gott erklärte. Darum wird er nun von den Mänaden zerrissen, d. h. der dionysische Taumel siegt über das retardirende Princip des Bewußtseyns, das trotz seines Widerstrebens, oder vielmehr eben seines Widerstrebens wegen, zerrissen, d. h. in eine Vielheit zersetzt wird.[67]

Im Tod des Orpheus lassen sich mehrfache Spannungen zwischen Unordnung und Ordnung, Vielheit und Einheit festhalten: 1. Durch den Tod des Orpheus wird angedeutet, dass der dionysische Geist das apollinische Prinzip besiegt. Trotz seines Widerstrebens wird

64 SaO: Abkürzung für *Sonette an Orpheus*.

65 Hinweis von Milan Herold u. Michael Bernsen (Hrsg.): Der lyrische Augenblick: eine Denkfigur der Romania. Berlin [u. a.]: de Gruyter, 2015, S. 1.

66 Vgl. Friedrich Nietzsche: Sämtliche Werke 1. Die Geburt der Tragödie. Stuttgart: Kröner, 1964, S. 132.

67 Friedrich Wilhelm Joseph von Schelling: Sämtliche Werke Abt. 2, Bd. 3. Philosophie der Offenbarung. Stuttgart; Augsburg: Cotta, 1858, S. 430. Zitiert nach Manfred Frank: Rilkes Orpheus, in: ders.: Vorlesungen über die neue Mythologie II. Gott im Exil. 1. Aufl., Frankfurt a. M.: Suhrkamp, 1988, S. 180–211, hier S. 202.

er in eine Vielheit zersetzt. 2. Nach Rilkes Beschreibung übertönt Orpheus' Gesang den Schrei von Mänaden aber mit Ordnung. (V. 3–4) Daraus ist anzunehmen, dass die orphische Musik den dionysischen Taumel zwar nicht bändigen, aber ihm Ordnung verleihen kann. Wegen der Unsterblichkeit des Gesangs überwindet Orpheus die dionysischen Kräfte auch im metaphysischen Sinne.

Daraus wird ersichtlich, dass es sich bei Rilkes Umschreibung nicht einfach um den dionysischen Sieg handelt, sondern um die Überwindung der Gegensätzlichkeit des dionysischen und des apollinischen Prinzips.[68] Am Namen des Orpheus – der Stamm „orph–" bezeichnet Dunkel, besonders nächtliches Dunkel[69] – lässt sich auch kennen, dass sich die dionysischen Kräfte eigentlich in Orpheus selbst verbergen, obwohl er den Apollon verehrt. Bei Rilkes Rezeption des Orpheus-Todes handelt es sich im Grunde um den Zusammenbruch des *principium individuationis* und eine Überwindung der Vergänglichkeit sowie die Vereinigung der Gegensätze. Die daraus erfolgende Verwandlung wird zuletzt im Bild des Chors der Natur visualisiert, der als Einheit die Stimme erhebt, indem er das orphische Tönen hört.

2.3 Exkurs: Streit zwischen Mythos und Logos

Mit der Verwendung des Orpheus-Mythos greift Rilke auf den Ursprung der Lyrik zurück. In der Frühzeit gehören Poesie und Mythos zusammen. Heinz Gockel zufolge entsteht der Mythos aus dem poetischen Geist: „In den früheren Epochen gebiert sich in und aus der Sprache, aber ebenso nothwendig und unabsichtlich wie sie, eine dichterische Weltansicht, d. h. eine solche worin die Fantasie herrscht. Das ist die Mythologie."[70] Hamann schreibt in seiner *Aesthetica in nuce*: „Poesie ist die Muttersprache des menschlichen Geschlechts [...]"[71] In der deutschen Romantik hängen die Aufgabe der Dichtung und der Begriff des Mythos bekanntlich zusammen. Der Mythos wird dabei „als Urdichtung und unerschöpflicher, vorbildlicher Quell der Poesie" [72] angesehen.

Mythos und Poesie teilen die Anschaulichkeit der Sprache, die die ursprüngliche Lebendigkeit, Persönlichkeit und Göttlichkeit der Dinge beschwört. Die Entpersonifizierung der Sprache wird von Walter F. Otto als Zeichen der Entmythisierung betrachtet:

> Die Sprache lehrt uns, daß die abstrakten Begriffe zuerst lebendige Gestalten waren, daß also gerade das Gegenteil von dem, was allgemein behauptet wird, geschehen ist: keine Personifikation, sondern eine Entpersonifizierung oder Entmythisierung.[73]

Das Zeichen der Entmythisierung ist das Wandeln der Sprache vom Anschaulichen ins Logische und zugleich Zweckdienliche. Hierbei ist der geläufige Streit zwischen Logos und Mythos zu erkennen. Die ursprüngliche Bedeutung des griechischen Wortes *mythos* meint

68 Vgl. Else Buddeberg: Rainer Maria Rilke: eine innere Biographie. Stuttgart: Metzler, 1955, S. 445.

69 Vgl. Manfred Frank: Rilkes Orpheus, S. 202.

70 Heinz Gockel: Mythos und Poesie: zum Mythosbegriff in Aufklärung und Frühromantik. Frankfurt am Main: Klostermann, 1981, S. 250.

71 Johann Georg Hamann: Sokratische Denkwürdigkeiten. Aesthetica in nuce. Stuttgart: Reclam, 1968, S. 81.

72 Adriana Cid: Mythos und Religiosität im Spätwerk Rilkes. Frankfurt am Main: Lang, 1992, S. 86.

73 Otto: a. a. O., S. 75f.

schlicht „Rede“, „Verkündung“, „Kundgabe“ oder „Bringung von Kunde“.[74] Ein üblicher Ausdruck des Griechischen für den Begriff „Wort“ ist *logos*, was zwar auch „Rede“, aber zugleich „Begriff“ oder „Vernunft“ bedeutet.[75] Der Mythos wird immer als eine Sache der Dichter angesehen. Im 10. Buch der *Politeia* schließt Platon die Dichter aus dem Staat aus, weil sie nur „Bildner von Bildern, von der Wahrheit aber fern abstehend“[76] darstellen. Damit ist die Fähigkeit des Dichters gemeint, unwahre Geschichten zu erfinden, das Fiktionale zu erschaffen. Aus diesem Grund äußert sich auch Aristoteles dem Mythos gegenüber abwertend, in-dem er ihn auf eine unwahre Erzählung reduziert.[77] Hinsichtlich der Wahrheitsfrage ist der Mythos der begriffliche Gegensatz zum Logos, der, so Gadamer, „das Wesen der Dinge denkt und daraus ein jederzeit ableitbares Wissen um die Dinge besitzt“[78]. Sie werden in der Geistesgeschichte als unversöhnliche Gegner beschrieben: „Man hat daher das Instinktive gegen das Rationale, das Symbol gegen den Begriff, Gemüt und Willen gegen den Verstand ausgespielt.“[79]

Diese Unterscheidung zwischen Mythos und Logos basiert auf der geläufigen Einsicht über den Logos, die ihn mit dem Denken gleichsetzt. Das griechische Wort *logos* bedeutet ursprünglich „Aussage“. Nach Heidegger liegt das Wesentliche des *logos* im Offenbarmachen.[80] „Was bedeutet *logos*?“, fragt Heide-gger und antwortet: „Den ersten Hinweis entnehmen wir einigen Sprüchen des Heraklit.“[81] Heraklit versteht *logos* als Zusammenfügung des Denkens und Seins, dessen Verhältnis als logische Verschränkung bestimmt wird, nicht als Zusammengehörendes wie bei Parmenides. Dieser erfasst das Verhältnis von Denken und Sein als Identität: „[...] das nämlich Selbe ist sowohl Denken wie Sein.“[82] Die parmenideische Gleichung von Denken und Sein wird späterhin in der platonischen Ideenlehre doktrinär festgelegt. Für Platon ist das Seiende seiner Natur nach transparent fürs Denken und Erkennen.[83] Indem der *logos* seiner Struktur nach römisch und mittelalterlich als enuntiatio (Aussagen), propositio (Vorsetzung, Aufstellung) und iudicium (Urteil) beschrieben wird[84], wird er mit Denken gleichgesetzt. Seit der Aufklärung liegt die Ansicht nahe, dass das Sein auf die einzelnen Momente des Verstandes reduziert werden

74 Vgl. Hans-Georg Gadamer: Mythos und Logos, in: ders.: Gesammelte Werke 8: Ästhetik und Poetik I. Kunst als Aussage. Tübingen: Mohr, 1993, S. 170–173, hier S. 171.

75 Vgl. Cid: Mythos und Religiosität im Spätwerk Rilkes, S. 31.

76 Platon: Der Staat: griechisch-deutsch; übersetzt von Rüdiger Rufener; Einführung, Erläuterungen, Inhaltsübersicht und Literaturhinweise von Thomas Alexander Szlezák. Düsseldorf; Zürich: Artemis und Winkler, 2000, 605e, S. 839.

77 Vgl. Cid: Mythos und Religiosität im Spätwerk Rilkes, S. 33.

78 Gadamer: Mythos und Vernunft (1954), in: ders.: Gesammelte Werke 8: Ästhetik und Poetik I, 1993, S. 163169, hier S. 165.

79 Wilhelm Nestle: Vom Mythos zum Logos: die Selbstentfaltung des griechischen Denkens von Homer bis auf die Sophistik und Sokrates. Stuttgart: Kröner, 1940, S. 3.

80 Vgl. Martin Heidegger: Gesamtausgabe 55: Abt. 2, Vorlesungen 1923–1944. Heraklit. Frankfurt am Main: Klostermann, 1979, S. 215.

81 Ebd., S. 242.

82 Parmenides, Fragment 3: [...] τὸ γὰρ αὐτὸ νοεῖν ἐστίν τε καὶ εἶναι. Andere Übersetzung: Denn *das Seiende* denken und sein ist dasselbe, in: Hermann Diels (Hrsg.): Die Fragmente der Vorsokratiker. Griechisch und deutsch. Berlin: Weidmann, 1903, 18 B5, S. 121. Übersetzung wird zitiert nach Anton Friedrich Koch: Philosophie und Religion. Stuttgart: Alfred Kröner Verlag, 2020, S. 9.

83 Vgl. Koch: Philosophie und Religion, S. 27.

84 Vgl. ebd., S. 222.

kann. Mit dem Siegeszug der Naturwissenschaft der Neuzeit wurde die angenommene Transparenz des Realen allmählich säkularisiert. Und an die Stelle Gottes trat immer mehr der *homo scientificus*.[85]

In Wilhelm Nestles *Vom Mythos zum Logos* wird beschrieben, dass die Neuromantik der Nachkriegszeit angezeigt hat, dass sich der metaphysische Trieb des Menschen trotz aller Gottlosigkeit als unausrottbar erwies. Gegenüber der Rationalisierung in allen Lebensbereichen stellt sich das Irrationale zweierlei dar: „[...] das Übervernünftige, das Transzendente sich nie in verstandesmäßige Begriffe wird fassen lassen [...]“[86] Das sogenannte Irrationale entspringt dem Zurückweisen der Identität vom Denken und Sein. Das Seiende in Raum und Zeit ist nicht völlig transparent, sondern fürs Denken und Erkennen trübe. Die Trübheit des Seiendes und des Seins wird vom christlichen Rationalismus als epistemische Beschränktheit menschlichen Denkens begriffen.[87] In der griechischen Zeit wird die Trübheit des Seins stets im Mythos eingeräumt. Die Trübheit gehört zum Teil des Mythos. Dabei lässt sich der grundsätzliche Unterschied zwischen Logos und Mythos feststellen: Während der Logos immer auf die Transparenz des Seins zielt, betrachtet der Mythos die Trübheit des Seins als keinen Mangel, sondern als selbstverständlich.

Der Logos hängt stets mit dem Verb „erkennen“ zusammen, das seine grundlegende Bedeutung im Wort „sehen“ hat. Was in der Philosophiegeschichte als platonische ‚Idee‘ bezeichnet wird, geht auf Platons Termini *idea und eidos* zurück, die etymologisch auf die indogermanische Wurzel „vid-“ für „sehen“ rekurrieren. Platon benutzt in seinen Dialogen die Wörter *idea*, *eidos* und besonders *morphê* als „äußere Gestalt“ oder „Umriss“, die mit Sichtbarkeit zusammenhängt.[88] Im Gegensatz zum Erkennen akzentuiert der Mythos die hörende Haltung des Menschen, der von den Musen ergriffen wird und die göttliche Stimme vernimmt. In dem Zuhören offenbart sich das Sein aller Dinge, indem es dabei tönt.

Im Sinne der Unterwerfung erkannte Rilke den Zusammenhang zwischen Hören und Trübheit des Seins ganz klar. Er schrieb am 23. April 1923 an Clara und gab zu, dass ein Dunkel in seiner Produktion der *Sonette an Orpheus* vorkommt:

> Mit kleinen Hilfen, die ich sie mitteilend einzufügen vermag, weiß ich der Verständlichkeit des Ganzen nun recht gut zu dienen, der Zusammenhang stellt sich überall her, und wo ein Dunkel bleibt, da ist es von der Art, daß es nicht Auf-Klärung fordert, sondern Unterwerfung.[89]

Das Dunkle in der Produktion wird von Rilke als Unverständliches empfunden, das ein Teil des Ganzen ist. Das Dunkel, nämlich das Unsichtbare, ver-weist bei Rilke auch auf das

85 Vgl. ebd., S. 28.

86 Nestle: Vom Mythos zum Logos, S. 3.

87 Vgl. Koch: Philosophie und Religion, S. 28.

88 Zu Platons Begriffsverwendung siehe Christian Schäfer: Idee/Form/Gestalt/Wesen, in: Christian Schäfer (Hrsg.): Platon-Lexikon: Begriffswörterbuch zu Platon und der platonischen Tradition. 2. Auflage. Darmstadt: WBG (Wissenschaftliche Buchgesellschaft), 2013, S. 157–165, hier: S. 157.

89 Brief an Clara Rilke (23.4.1923), in: Briefe aus Muzot 1921–1926, S. 198.

„Nicht-Erwiesene", „Nicht-Greifbare"[90]. Zu dem Unsichtbaren fordert Rilke keine Auf-Klärung, kein Sehen, sondern Unterwerfung, d. h. Gehorchen. Der ganze Zyklus unterwirft sich der Trübheit des Seins und beschwört die Offenbarung des Seins in der Anrufung der göttlichen Kraft.

Neben der Einstellung gegenüber der Trübheit des Seins unterscheidet sich der Mythos mit dem Logos auch im Aspekt der Sprache. Indem der Logos mit dem Denken gleichgesetzt wird, bedeutet er Urteilen, dessen Elemente Begriffe sind. Der Mythos ist im Gegenteil keine Aussagen, sondern Erzählen. Er kann eigentlich nicht wissenschaftlich ermittelt werden, sondern nur erzählt werden. Die Sprache der Erzählung ist ein Bild, das eine Beschwörung einbezieht:

> [...] der Logos sucht die Wirklichkeit in vernünftiger Rede, in begrifflichem Ausdruck zutreffend wiederzugeben; der Mythos aber macht aus dem Begriff ein Bild, aus einem tatsächlichen Sachverhalt eine erdichtete Geschichte.[91]

Der Logos zielt auf das Begreifen der Wirklichkeit ab und ordnet alles nach gewissen Kriterien dem Richtigen oder Falschen zu. Mit der Bildsprache überwindet der Mythos den binären Gegensatz des Richtigen und Falschen des Logos. Der gegenläufige Prozess der Entmythisierung manifestiert sich allerdings in der Sprache als Wandel vom Symbol zum Begriff. Gegen die Rationalisierung der Sprache stellt die deutsche Romantik die neue Mythologie auf. Für die Romantik wird Poesie erst wieder möglich, wenn sie zum Mythos und damit zu einer „allgemeinen Symbolik" zurückfindet.[92] Das Wort „Mythologie" ersetzt Schlegel sogar in der zweiten Ausgabe des *Gesprächs über die Poesie* durchweg durch das Wort „Symbolik".[93] Mit Symbolik wird seit dem 18. Jahrhundert eine kohärente Bildersprache bezeichnet, d. h. eine Darstellungsweise mit „sinnbildlicher Bedeutung"[94]. Nach der ursprünglichen Bedeutung sind Symbole ein Zusammengefügtes, das nicht eindeutig, nicht streng kodiert ist und damit keinen festen Verweisungsbezug habe.[95] Das Bezeichnete ist unterbestimmt und immer reichhaltiger als das Bezeichnende:

> Denn bedeutsam und erwecklich wird das Symbol eben durch jene Incongruenz des Wesens mit der Form und durch die Überfülle des Inhalts in Vergleichung mit seinem Ausdrucke. Desto anregender daher, je mehr es zu denken giebt.[96]

Der Mythos sei im Wesentlichen ein System von Symbolen.[97] Er ist „kein eindeutiges

90 Zitiert nach Brief an Margot Sizzo (6.1.1923), in: Rainer Maria Rilke: Briefe 2, S. 268.

91 Nestle: a. a. O., S. 9f.

92 Vgl. Cid: a. a. O., S. 85.

93 Vgl. Gockel: a. a. O., S. 12.

94 Vgl. Klaus Weimar (Hrsg.): „Symbol", in: Reallexikon der deutschen Literaturwissenschaft: Neubearbeitung des Reallexikons der deutschen Literaturgeschichte. 3 Bde. Bd. III: P–Z. Berlin: de Gruyter, 2007, S. 551.

95 Vgl. Manfred Frank: Vorlesungen über die neue Mythologie I. Der kommende Gott. 1. Aufl., Frankfurt am Main: Suhrkamp, 1982, S. 107.

96 Friedrich Creuzer: Symbolik und Mythologie der alten Völker, besonders der Griechen. Teil 1. 2., völlig umgearb. Aufl.. Leipzig; Darmstadt: Leske, 1819, S. 59. Zitiert nach Gockel: a. a. O., S. 9.

97 Vgl. Manfred Frank: a. a. O., S. 107.

logisches Gebilde und nicht ausschöpfbar durch Deutung"[98]. Nach frühromantischer Überzeugung vertritt die Mythologie eine symbolische Anschauung des Universums, die das Göttliche anschaulich darstellen kann. Das Göttliche, das von der antiken Mythologie bereits vergegenwärtigt wurde, war frühromantisch als wechselseitige Durchdringung von Unendlichem und Endlichem konzipiert.[99] In dem lebendigen Zusammenhang erfolgt eine vollständige innere Anschauung:

> Jede Mythologie (und auch eine geistige Religion wird sich, wo keine gewaltsame Hemmung eintritt, Mythologie als Symbolik der inneren Anschauung anbilden) ist eine vollständige poetische Anschauung der Dinge.[100]

Zwischen dem unendlichen Göttlichen und der begrenzten Sprache liegt ein ewiger Widerspruch vor. Dieser wird nur im Symbol für einen Augenblick versöhnt. Das Bild sei eine Beschwörung, in der das Sein des Gegenstandes offenbar wird, indem er gestalthaft in Erscheinung trete.[101] Dabei bleibt die vollständige poetische Anschauung des Universums enthalten.

Vom Gedankengut der Romantik zum Mythosbegriff des späten Rilke verläuft eine klare Verbindungslinie. Unter Rilkes Konzeption der ‚Vollzähligkeit' wird auch eine vollständige Anschauung des Universums postuliert. Der Zusammenhang zwischen Sichtbarem und Unsichtbarem ist mit dem Wechselverhältnis von Endlichem und Unendlichem vergleichbar. Bei beiden besteht derselbe Anspruch, die Dimensionen der Welt über ihr Sichtbares hinaus zu erfassen. Rilkes Zurückgriff auf den Orpheus-Mythos ist vor allem als Beschwörung der orphischen Kraft zu begreifen, die die ursprüngliche Lebendigkeit und Göttlichkeit der Sprache erweckt. Im musikalischen Sagen off-enbart sich das Sein, ohne dass die Trübheit des Seins mit der erkennenden Gewalt durchgeleuchtet wird.

98 Gockel: a. a. O., S. 24.
99 Vgl. Silvio Vietta (Hrsg.): Moderne und Mythos. München: Fink, 2006, S. 26.
100 Gockel: a. a. O., S. 252.
101 Vgl. Otto: a. a. O., S. 80.

3 Die orphische Musik: Raum- und Zeitkunst

3.1 Die Musikalität der *Sonette an Orpheus*

Mit der Hinwendung zum Hören gewinnt die Musik bei Rilke zunehmend an Bedeutung. Jacob Steiner vertritt die Meinung, dass „[d]ie bildenden Künste […] denn auch, neben der Dichtung, den höchsten inspiratorischen Rang für Rilkes Schaffen [haben]."[102] Auf diese Ansicht gibt der Zyklus *Sonette an Orpheus* offenbar eine zurückweisende Antwort.

Die Artikulation mit Musik schlägt sich in verschiedenen Aspekten in den *Sonetten* nieder. Zuerst spiegelt sich die Musikalisierung in der Auswahl der Gattung wider. „Sonett" wird als Diminutiv von lat. Sonus („Schall", „Klang") abgeleitet. Der Ausdruck bedeutet ursprünglich in der provençalischen Lyrik nur allgemein ein kleines Lied. Es wurde in Deutschland im 17. Jahrhundert auch als Klinggedicht oder als Klingel bezeichnet.[103] Dadurch wird angezeigt, dass das Sonett sich durch die Musikalität auszeichnet. So urteilt Elisabeth Potthoff über Rilkes Verwendung der Sonettform: „Durch die ihr eigene Musikalität ist diese lyrische Form am besten geeignet, Existenzbejahung und neu gewonnene Leichtigkeit in der Beziehung zum Leben zum Ausdruck zu bringen."[104]

Zweitens wird im Rückgriff auf den Orpheus-Mythos die deutliche Verbindung der Sprache mit der Musik reflektiert. Rilke rufe mit dem Mythos eine mythologische Figur hervor, die ohne Musik nicht vorstellbar sei.[105] Bei Orpheus ist Sagen nämlich Singen. Er ist für alle Zeiten das Sinnbild für die Macht des Gesanges, insofern dem Mythos nach nicht nur die Menschen, sondern die ganze Natur hingerissen seinen Melodien lauschte. Zu bemerken ist, dass in der Frühzeit die Sprache der Sprachgesang, eine Art der Musik war. Dieses Urphänomen deutet darauf hin, dass der Mensch sich selbst im Tönen ohne Zweck darstellt. Das Verwandeln der Sprache vom Anschaulichen ins Logische hat seine Parallele im Übergang vom Musikalischen zum nahezu Tonlosen. Damit rückt die Sprache mehr ins Zweckdienliche.[106] An Rilkes bewusster Musikalisierung der Sprache lässt sich kennen, dass Rilke die Sprache als reine Selbstdarstellung versteht, die zugleich Weltoffenbarung ist. Zur Identität zwischen Selbstdarstellung und Weltoffenbarung hat Otto mit Recht angemerkt: „Indem er sich selbst darstellt, kommt die Wirklichkeit des umfangenden Seins in seinen Tönen zur Sprache."[107]

Ein anderer Zusammenhang zur Musik ist in der Widmung für Wera Ouckama Knoop feststellbar. Der Untertitel „Geschrieben als ein Grab-Mal für Wera Ouckama Knoop" zeigt,

102 Jacob Steiner: Anschauungsformen, in: Rilke. Vorträge und Aufsätze. Karlsruhe: von Loeper, 1986, S. 5–18, hier S. 6.

103 Siehe „Sonett", in: Reallexikon der deutschen Literaturwissenschaft, Bd. III: P–Z, S. 448.

104 Elisabetta Potthoff: Ein orphischer Gesang zur Überwindung der Vergänglichkeit. Zu Rilkes *Sonetten an Orpheus*, in: Im Dialog mit der Moderne. Zur deutschsprachigen Literatur von der Gründerzeit bis zur Gegenwart. Festschrift für Jacob Steiner. Hrsg. von Roland Jost, Hansgeorg Schmidt-Bergmann. Frankfurt a. M. 1986, S. 115–169, hier 165. Zitiert nach Thomas Martinec: Musik und Verwandlung in Rilkes *Sonetten an Orpheus*, in: Rilke in Bern: Sonette an Orpheus. Hrsg. von Jörg Paulus und Erich Unglaub. Göttingen: Wallstein Verl., 2014, S. 159–174, hier S. 172.

105 Vgl. Martinec: Musik und Verwandlung in Rilkes *Sonetten an Orpheus*, S. 161.

106 Vgl. Otto: a. a. O., S. 76.

107 Otto: a. a. O., S. 73.

dass dieses früh verstorbene Mädchen, das zugleich eine Tänzerin war, den zweiten symbolischen Schwerpunkt des Zyklus bildet.[108] Die Verbindung mit der Musik zeichnet auch Weras Erscheinen im Orpheus-Zyklus aus[109]:

Tänzerin erst, die plötzlich, den Körper voll Zögern,
anhielt, als göß man ihr Jungsein in Erz;
trauernd und lauschend -. Da, von den hohen Vermögern,
fiel ihr Musik in das veränderte Herz.

(SaO I. 25)

Die Haltung der Tänzerin wird als Lauschen der Musik geschildert, das eine empfängliche Figur inszeniert. In der Frühzeit bildet Tanz ein noch unaufgelöstes Ganzes mit der alten *mousike*, der Einheit von Musik und Wort.[110] In der alten *mousike* waren sie nämlich vereinigt: Dichtkunst, Musik, Tanz.[111] Als die Musen singen und sprechen, tanzen sie auch dazu.[112] Daher steht auch der Tanz der *Sonette*, der eine elementare Figur bei Rilke ist, im intimen Zusammenhang zur Musik. Er wird infolgedessen wie die Musik ebenfalls als Selbstdarstellung begriffen, die das Vernehmen der göttlichen Stimme voraussetzt. Die Bedeutung des Tanzes wird im nächsten Kapitel näher betrachtet. Hier genügt es, seine Relation zur Musik zu beleuchten.

Während Ferrucio Busoni in seinem *Entwurf einer neuen Ästhetik der Tonkunst* Rainer Maria Rilke als den „Musiker in Worten" bezeichnet, preist Gundolf ihn in der Würdigung Rilkes sogar als „Musikanten der deutschen Sprache".[113] In der Tatsache wird Rilke aber durch die „dichteste Unfähigkeit" in musikpraktischen Fragen charakterisiert. So bekennt er am 4. Februar 1914 gegenüber Magda von Hattingberg:

> Wirklich, ich behalte keine Melodie, ja ein Lied, das mir nahe ging, das ich dreißigmal hörte, ich erkenn es wohl wieder, aber ich wüsste auch nicht den mindesten Ton daraus anzusagen, das ist wohl die dichteste Unfähigkeit selber.[114]

Aber das bedeutet nicht, dass Musik weniger bedeutsam für Rilke ist. Vielmehr sei die Musik ein grundlegender poetologischer Begriff in seiner späten Phase.[115] Rilkes Musikverständnis manifestiert sich vornehmlich in seinen frühen *Notizen zur Melodie der Dinge* und den *Marginalien zu Friedrich Nietzsches >Geburt der Tragödie<* (1900).[116] Rilke bringt einst in einem Brief an Lou Andreas-Salomé eine Aufforderung an sich selbst zum

108 Vgl. Manfred Engel (Hrsg.): Rilke-Handbuch, S. 411.

109 Hinweis von Martinec: Musik und Verwandlung in Rilkes *Sonetten an Orpheus*, S. 162.

110 Wladimir Weidlé: Gestalt und Sprache des Kunstwerks: Studien zur Grundlegung einer nichtästhetischen Kunsttheorie. Mittenwald: Mäander Kunstverl., 1981, S. 42.

111 Vgl. ebd., S. 52.

112 Vgl. Otto: a. a. O., S. 76.

113 Ferrucio Busoni, Entwurf einer neuen Ästhetik der Tonkunst. Mit Anmerkungen von Arnold Schönberg und einem Nachwort von H. H. Stuckenschmidt. Frankfurt a. M., 1979; Friedrich Gundolf: Rainer Maria Rilke, Wien 1937, S. 10. Zitiert nach Rüdiger Görner: Rainer Maria Rilke: Im Herzwerk der Sprache. Wien: Zsolnay, 2004, S. 135.

114 Brief an Magda von Hattingberg (4.2.1914), in: Rainer Maria Rilke: Briefwechsel mit Magda von Hattingberg „Benvenuta". Hrsg. von Ingeborg Schnack, Renate Scharffenberg. Frankfurt a. M.: Insel, 2000, S. 34f.

115 Vgl. Antonia Egel: Rilkes musikalische Poetik, S. 16.

116 Vgl. Manfred Engel (Hrsg.): Rilke-Handbuch. S. 151.

Ausdruck: „Irgendwie muß auch ich das kleinste Grundelement, die Zelle meiner Kunst erkennen, das greifbare unstoffliche Darstellungsmittel für Alles."[117] Es sei die Frage nach dem, was seine Kunst im Innersten bedinge.[118] Rilke sieht in der Musik eine Art ursprünglicher Kraft, die aller Kunst zugrunde liegt. 1900 notierte Rilke in seinen *Marginalien zu Nietzsches Geburt der Tragödie aus dem Geiste der Musik*:

> Es ist zu auffallend, daß man für „Musik" in allen erwähnten Wirkungen immer jenes Andere setzen kann, das nicht Musik ist, sondern, welches nur durch Musik am reinsten ausgedrückt wird. ... Und sollte mit Musik nicht überhaupt jene erste dunkle Ursache der Musik gemeint sein und somit die Ursache aller Kunst? Freie bewegte Kraft, Überfluß Gottes? (SW 6, 1164)

Hier wird deutlich, dass Rilke unter „Musik" zweierlei versteht: Zum einen gibt es das musikalische Kunstwerk, das gemeinsam mit dem Gedicht, der Plastik und dem Drama eingeordnet wird. Zum anderen besteht eine ursprüngliche, musikalische Kraft, die allen Künsten innewohnt.[119] Sie ist der ursprüngliche Möglichkeitsraum vor aller Kunst. Mit dem Wort ‚Rhythmus' bezeichnet Rilke den abstrakten, unhörbaren Aspekt der Musik, der in seiner Aussage über die musikalische Kraft besonders auffällt:

> Auch Malerei und Bildhauerei hat nur den Sinn, jene „Musik" zu interpretieren, an Bildern zu verbrauchen. Und dann wäre etwa die Musik schon der Verrat jener Rhythmen, die erste Form sie anzuwenden, noch nicht an den Dingen der Welt, sondern an den Gefühlen, an uns. (SW 6, 1164)

Mit Recht bezeichnet Beda Allemann die Musik als Metapher für das verborgene Wesen des Gedichts bei Rilke.[120] Die hier von Allemann angesprochene Musik verweist auf die musikalische Kraft, die „tiefverborgenen Rhythmen" (SW 6, 1164). ‚Rhythmus' ist von der geläufigen Konzeption ‚Musik' deutlich zu unterscheiden. Er ist keine Musik, sondern Ursprung aller Kunst. Die Musik stellt sich als eine erklingende Kunstform dar, die lediglich mit diesem Ursprung auf eine privilegierte Weise verbunden ist.[121] Sie ist mit anderen Worten lediglich die erste Form, die die Rhythmen praktiziert:

> Und dann wäre etwa die Musik schon der Verrat jener Rhythmen, die erste Form sie anzuwenden, noch nicht an den Dingen der Welt, sondern an den Gefühlen, an uns. Daran schlösse sich die Lyrik an, die uns leise mit der Welt verknüpft, indem sie von unseren Gefühlen spricht als von Dingen der Welt und aus der Lyrik entwickelte sich auf dem Umweg über die plastischen Künste, die mit Weltdingen bereits symbolisch verfahren, das Drama, die bildhafteste und darum vergänglichste Interpretation, der tiefverborgenen Rhythmen, die indessen die Absicht hat, in den Schauenden jene

117 Brief an Lou Andreas-Salomé (10.8.1903), in: Rainer Maria Rilke: Briefwechsel / Rainer Maria Rilke; Lou Andreas-Salomé. Hrsg. von Ernst Pfeiffer. 1. Aufl., Frankfurt am Main: Insel-Verl., 1989, S. 105.

118 Vgl. Görner: Im Herzwerk der Sprache, S. 141.

119 Vgl. Martinec: Musik und Verwandlung in Rilkes *Sonetten an Orpheus*, S. 165.

120 Vgl. Allemann: a. a. O., S. 165.

121 Vgl. Egel: a. a. O., S. 16.

erste primäre Ursache der Kunst zu erwecken, indem sie die Individualität in den einzelnen Zuschauern zerstört, aus hunderten eine Einheit schafft, d.h. ein Instrument für jene dionysischen Geräusche des Hintergrunds. (SW 6, 1164)

Rilke selbst hebt den Zusammenhang zwischen Lyrik und Rhythmus hervor: „Der Lyriker bedarf ja nicht der Musik, um zu schaffen, sondern nur jenes rythmischen (sic!) Gefühles, das schon nicht mehr des Gedichts bedürfte, wenn es sich erst in Musik ausspräche.“ (SW 6, 1176) Die rhythmischen Gefühle stehen in der Verwandtschaft mit dem Geiste des ursprünglichen Sprachsingens.[122] Nicht nur Rilke, sondern auch Schiller und Valéry haben ähnliche Äußerungen über diese rhythmischen Gefühle. Schiller schrieb an Goethe am 18. März 1796: „Die Empfindung ist bei mir anfangs ohne bestimmten und klaren Gegenstand; dieser bildet sich erst später. Eine gewisse musikalische Gemütsstimmung geht vorher, und auf diese folgt bei mir erst die poetische Idee“.[123] Der Rhythmus ist für Valéry das Urtönen, das nach Valérys Worten den Dichter überfalle und ihn nicht loslasse, bis er es in Wortgestalten zu Gehör gebracht habe.[124] Im Sonett II. 1 findet der Rhythmus in der Metapher „Atem“ sein gültiges Bild:

1 1 Atmen, du unsichtbares Gedicht!
2 Immerfort um das eigne
3 Sein rein eingetauschter Weltraum. Gegengewicht,
4 in dem ich mich rhythmisch ereigne.

2 5 Einzige Welle, deren
6 allmähliches Meer ich bin;
7 sparsamstes du von allen möglichen Meeren, –
8 Raumgewinn.

3 9 Wie viele von diesen Stellen der Räume waren schon
10 innen in mir. Manche Winde
11 sind wie mein Sohn.

4 12 Erkennst du mich, Luft, du, voll noch einst meiniger Orte?
13 Du, einmal glatte Rinde,
14 Rundung und Blatt meiner Worte.

Aufgrund des dynamischen Merkmals ist der Atem mit dem Rhythmus assoziiert. Zusätzlich ist das Bedeutungsfeld des Atems mit dem Singen, dem Aufstoßen der Stimme korreliert.[125] Dadurch, dass der Atem mit dem Gedicht gleichgesetzt wird, verwandelt sich das

122 Vgl. Otto: a. a. O., S. 87.

123 Friedrich Schiller: Der Briefwechsel zwischen Schiller und Goethe 1. Briefe der Jahre 1794–1797. München: Beck, 1984. Dieser Passus wird auch in Nietzsches *Die Geburt der Tragödie* angeführt. Siehe Nietzsche: a. a. O., S. 67.

124 Vgl. Otto: a. a. O., S. 87.

125 Im Sonett I. 3 lautet es: „Dies ists nicht, Jüngling, daß du liebst, wenn auch / die Stimme dann den Mund dir aufstößt, – lerne / vergessen, daß du aufsangst. Das verrinnt.“ Hierbei ist

Gedicht ebenfalls in dynamische Rhythmen („Einzige Welle", V. 5), die sich im Raum ausbreiten („Raumgewinn", V. 8). Zusätzlich steht der Atem von alters her für den Geist (pneuma). Nach biblischer Überlieferung ergießt der Atem Gottes in den Menschen den Geist. Die Musik wird bei Rilke auch als „[f]reie bewegte Kraft, Überfluß Gottes" (SW 6, 1164) bezeichnet. Damit wird angedeutet, dass sich der Rhythmus auf eine göttliche Kraft bezieht, die alles zum Bewegen bringt.

Das Wort „Rhythmus" kommt aus dem lateinischen Nomen *rhythmos*, das von dem Verb *ῥεῖν* (fließen) hergeleitet wird.[126] Aischylos nennt den Rhythmus das gleichmäßige Auf und Ab der Wellen, das Gesetz, das eine fließende Bewegung gliedert. Platon bezeichnet den Rhythmus bekanntlich als die „Ord-nung der Bewegung" (Nomoi 664e).[127] Damit wird ein von der Vorstellung des Regelmäßigen dominiertes Rhythmus-Konzept begründet. Nietzsche ha-tte in *Geburt der Tragödie* den Rhythmus als apollinische Ordnungskraft bezeichnet und das Melos als dionysische Gewalt konzipiert. Rilke hingegen geht in seinen Lesenotizen von dem rein apollinischen Konzept eines Rhythmus aus, auf den die befreiende Kraft des Melos übergehen und in den diese integriert werden sollte.[128] Somit versteht sich der Begriff Rhythmus für ihn als „ein Instrument für jene dionysischen Geräusche des Hintergrunds." (SW 6, 1164) Dabei soll die dionysische Gewalt, d. h., das rhythmisch-flutende Element, mit der Schönheit und Strenge der Form verbunden sein.[129] Mit diesem Verständnis entschlüsselt Rilke die Musikalität als Rhythmus – ein Wechselspiel von „wandernder Kraft" und haltendem „Gefäß" (KA 4, 167):

> In der Zeit der rauschenden Rhythmen muß man alle Gefäße bereithalten um die wandernde Kraft schön zu empfangen, alle Stoffe in den Glanz dieser Himmel halten, damit sie die goldenen Fäden durch die Gewebe lenken, welche das Muster festlich vollenden. (KA 4, 166f.)

In *The Poetic Principle* definiert Edgar Allan Poe Gedichte auch als „The Rhythmical Creation of Beauty". Er bezeichnet die musikalische Qualität als Seele des Gedichts: „It is in Music, perhaps, that the soul most nearly attains the great end for which, when inspired by the Poetic Sentiment, it struggles – the creation of supernal Beauty."[130] Die Vorderseite der lyrischen Musikalität ist die sichtbare Form, z. B. das Versmaß, der Reim; ihre Rückseite ist der unsichtbare Rhythmus, der die primäre Ursache der Kunst bildet. Der Zusammenhang zwischen dem unsichtbaren Rhythmus und der sichtbaren Form wird im Sonett II. 13 zum Ausdruck gebracht:

festzustellen, dass Aufsingen mit dem Aufstoßen der Stimme gleichgesetzt wird. Die Präsenz des Atems wird dabei impliziert.

126 Vgl. Wilhelm Seidel: Rhythmus: eine Begriffsbestimmung. 1. Aufl., Darmstadt: Wiss. Buchges., 1976, S. 15.

127 Vgl. Schuster: a. a. O., S. 50.

128 Vgl. ebd., S. 50f.

129 Vgl. ebd., S. 65.

130 Edgar Allan Poe: The Poetic Principle. Hoboken, N. J.: Generic NL Freebook Publisher, 1999, S. 5.

1 Sei allem Abschied voran, als wäre er hinter
dir, wie der Winter, der eben geht.
Denn unter Wintern ist einer so endlos Winter,
daß, überwinternd, dein Herz überhaupt übersteht.

2 Sei immer tot in Eurydike –, singender steige,
preisender steige zurück in den reinen Bezug.
Hier, unter Schwindenden, sei, im Reiche der Neige,
sei ein klingendes Glas, das sich im Klang schon zerschlug.

3 Sei – und wisse zugleich des Nicht-Seins Bedingung,
den unendlichen Grund deiner innigen Schwingung,
daß du sie völlig vollziehst dieses einzige Mal.

4 Zu dem gebrauchten sowohl, wie zum dampfen und stummen
Vorrat der vollen Natur, den unsäglichen Summen,
zähle dich jubelnd hinzu und vernichte die Zahl.

Im Sonett II. 13 geht es scheinbar um die Spannung zwischen Form und Inhalt, tatsächlich aber um die Spannung zwischen Rhythmus und Form. „Glas“ (V. 8) verweist als Behältnis auf die lyrische Form, auf das Gesetz; „Klang“ (V. 8) bezieht sich auf die musikalische Qualität der Lyrik. Der 8. Vers deutet durch den Imperativ an, dass das feste, strenge Gesetz das Klingen der Verse beeinträchtigen kann. Die Metapher des klingenden und sich dabei zugleich zerschlagenden Glases zeigt ferner an, dass Klingen und Zerschlagen in dieser Gestalt eine unaufhebbare Einheit darstellen.[131] Das Klingen, die Musikalität des Verses, setzt das Zerschlagen des Glases, nämlich das Zerstören des Gesetzes voraus. Das Auffällige besteht noch darin, dass das Glas sich selbst zerschlägt und nicht durch äußere Gewalt zerstört wird. Daher ist es kein richtiges Zerstören im strengen Sinne, sondern eine Verwandlung. Zu der Verwandlung der Sonettform schrieb Rilke am 23. Februar 1922:

> Ich sage immerzu Sonette. Ob es gleich das Freieste, sozusagen Abgewandeltste wäre, was sich unter dieser, sonst so stillen und stabilen Form begreifen ließe. Aber gerade dies: das Sonett abzuwandeln, es zu heben, ja gewissermaßen es im Laufen zu tragen, ohne es zu zerstören, war mir, in diesem Fall, eine eigentümliche Probe und Aufgabe.[132]

Das apollinische Gesetz soll den fließenden, freien Rhythmus nicht verhindern; umgekehrt soll der Rhythmus das Gesetz auch nicht ignorieren. Hier setzt Rilke Gesetz und Rhythmus nicht in einen schroffen Gegensatz, sondern stellt eine differenzierte, dynamische Spannung zwischen beiden her. Hieran ist besonders an Schillers Anspruch an den Künstler zu erinnern, für den die Freiheit darin besteht, „die Tendenz der Sprache zum Allgemeinen durch die Größe seiner Kunst [zu] überwinden und den Stoff (Worte und ihre

131 Vgl. Martinec: Musik und Verwandlung in Rilkes *Sonetten an Orpheus*, S. 171.
132 Brief an Katharina Kippenberg (23.2.1922), in: Rainer Maria Rilke: Briefe 2, S. 225.

Flexions- und Konstruktionsgesetze) durch die Form (nämlich die Anwendung derselben) [zu] besiegen."[133] Die Fähigkeit, das Sonett abzuwandeln, die Hemmung des Gesetzes zugunsten der Vollkommenheit der Kunst zu überwinden, gehört zweifellos auch zu der Freiheit des Künstlers. Dass der Zauber der orphischen Musik nach der Überlieferung die Steine und sogar Berge zum Be-wegen bringen kann, zeigt auf der metaphorischen Ebene diese Freiheit an, den schweren Stoff durch die künstlerische Form zu überwinden.

Die Verwandlung der Form vollzieht sich im ganzen Zyklus. Im formalen Aspekt wird das Gesetz des Sonetts weitgehend aufgelockert, um den tief verborgenen Rhythmus frei fließen zu lassen. Damit wird die Musikalität des Sonetts nicht durch das strenge Gesetz unterlaufen, sondern unterstützt. Die strenge Form des Sonetts ist nur noch an der grafischen Aufteilung erkennbar: 14-Zeiligkeit, Aufteilung in Quartette und Terzette (QQTT). Es sei im Grunde eine statische Form, die in die unmittelbare Nähe bildender Kunst führe.[134] Reimschema und metrische Bindung vom Sonett weisen im Prinzip eine bewegliche, musikalische Qualität auf. In diesem Bereich liegen mehrere Variationen vor. Das Reimschema in den *Sonetten an Orpheus* folgt nicht mehr der strengen Regel des Sonetts. Auf der metrischen Ebene sind auch zahlreiche Auflockerungen anzutreffen, z. B. unterschiedliche Zahlen und Arten von Versfüßen im gleichen Sonett (Vgl. vor allem das bereits zitierte Sonett II. 1).

Gattungsgeschichtlich betrachtet führt August Wilhelm Schlegel das Sonett zu seinem größten Einfluss in der Romantik.[135] Er stilisiert das Sonett in *Vorlesungen über schöne Literatur und Kunst* zu einer idealen lyrischen Form, indem er die formale Gliederung in Quartette und Terzette dialektisch ausdeutet. Die Musikalität des Sonetts entspringt vor allem den klingenden Reimen, die die griechische und römische Lyrik gar nicht kannte. Der Reim bestimme, mehr als die Silbenzahl, die poetische Struktur des Sonetts.[136] Schlegel bestimmt die Funktion des Reimes in folgender Weise: „Die materiellste und unmittelbarste Wirkung des Reimes ist die, Verse zu verbinden und zu trennen."[137] Nach der doppelten Wirkungsart des Reimes, der verbindenden und trennenden, zerfällt das Sonett in zwei Hälften:

133 Friedrich Schiller: Sämtliche Werke, Bd. 5. Auf Grund der Originaldrucke. Hrsg. von Gerhard Fricke. München: Hanser, 1962, S. 432f.

134 Vgl. Wolfram Groddeck: »Heiter und verteilt«. Zyklische Ordnung und metrische Metamorphose in den *Sonetten an Orpheus*, in: Paulus, Jörg und Erich Unglaub (Hrsg.): Rilke in Bern: Sonette an Orpheus, S. 145–158, hier S. 147.

135 Vgl. Jörg-Ulrich Fechner (Hrsg.): Das deutsche Sonett. München: Wilhelm Fink Verlag, 1969, S. 27f.

136 Vgl. Groddeck: a. a. O., S. 147.

137 August Wilhelm von Schlegel: A. W. Schlegels Vorlesungen über schöne Literatur und Kunst. Dritter Teil (1803 - 1804): Geschichte der romantischen Literatur. Hrsg. von Jakob Minor. Stuttgart: Göschen, 1884, S. 206.

> Die paarende und trennende Kraft des Reimes kann man auch als Gleichheit und Entgegensetzung bezeichnen, und deswegen muß das Sonett auch im Gehalt wie in der Form Symmetrie und Antithese in der höchsten Fülle und Gedrängtheit vereinigen. Symmetrie ist erstlich zwischen den beyden Quartetts und dann ebenfalls den Terzetts unter sich, die Hauptantithese zwischen den beyden Hälften.[138]

Schlegel weist damit auf die intellektuell-reflexive Qualität des Sonetts hin. Wegen des dialektischen Charakters wird die poetologische Selbstreflexion häufig als Gegenstand des Sonetts aufgegriffen.[139] Rilke hält auch an der reflexiven Grundstruktur des Sonetts fest, die bei Schlegel als Besinnung der Dissonanz auf ihre eigene Gereimtheit gekennzeichnet werden könne.[140] Aber in Rilkes Fall sollte diese reflexive Struktur des Sonetts noch dem fließenden Rhythmus unterzuordnen sein. In den *Sonetten* reimt er hauptsächlich abab cdce / fgh hgf, wobei er sich in den Terzetten noch größere Freiheiten erlaubt. Auf umarmende Reime wird weitgehend verzichtet.[141] Da die Quartett-Strophen sich nicht mehr ineinander spiegeln, wird die lyrische Rede hier flüssiger und gleitender.[142] Die dialektische, antithetische Qualität des Sonetts wird dadurch einigermaßen relativiert. Im metrischen Bereich kommt ein zunehmender Gebrauch von dreisilbigen, meist daktylischen Versfüßen vor, was auch einen fließenden Rhythmus hervorbringt. Insofern lässt sich behaupten, dass der Rhythmus als eine poetologische Kategorie von Rilke bewusst behandelt wird.

Außerdem beschäftigt Rilke sich in seinem späten Werk sehr bewusst mit einem besonderen Spannungsverhältnis zwischen metrischem Schema und Satzrhythmus mittels Enjambements[143], das eine markante Stellung in den Gedichten Rilkes einnimmt. Es gehört ebenfalls zur Charakteristik der *Sonette*, obwohl es im französischen oder italienischen Sonett überhaupt zurückgewiesen wird.[144] Als paradigmatisches Beispiel hierfür kann das Sonett I. 1 herangezogen werden:

1 1 Da stieg ein Baum. O reine Übersteigung!
2 O Orpheus singt! O hoher Baum im Ohr!
3 Und alles schwieg. Doch selbst in der Verschweigung
4 ging neuer Anfang, Wink und Wandlung vor.

2 5 Tiere aus Stille drangen aus dem klaren
6 gelösten Wald von Lager und Genist;

138 Ebd., S. 212.

139 Siehe „Sonett“, in: Reallexikon der deutschen Literaturwissenschaft, Bd. III, S. 449.

140 Vgl. Manfred Frank: Rilkes Orpheus, S. 183.

141 Für das klassische italienische Sonett wird diese Reimform der Quartette weitgehend verbindlich: ABBA ABBA CDC DCD, ABBA ABBA CDE CDE, ABBA ABBA CDE DCE usw.; Petrarca-Sonett). Im französischen Sonett wird die Anordnung der Terzettreime denen der Quartette angenähert (ABBA ABBA CCD EED oder ABBA ABBA CCD EDE). Vgl. „Sonett“, in: Reallexikon der deutschen Literaturwissenschaft, Bd. III, S. 447.

142 Vgl. Manfred Frank: Rilkes Orpheus, S. 183.

143 Vgl. Sandra Pott: Poetiken. Poetologische Lyrik, Poetik und Ästhetik von Novalis bis Rilke. Berlin; New York: de Gruyter, 2004, S. 337.

144 Siehe „Sonett“, in: a. a. O., S. 449.

7 und da ergab sich, daß sie nicht aus List
8 und nicht aus Angst in sich so leise waren,
3 9 sondern aus Hören. Brüllen, Schrei, Geröhr
10 schien klein in ihren Herzen. Und wo eben
11 kaum eine Hütte war, dies zu empfangen,

4 12 ein Unterschlupf aus dunkelstem Verlangen
13 mit einem Zugang, dessen Pfosten beben, –
14 da schufst du ihnen Tempel im Gehör.

Die für das Spätwerk charakteristische auftaktige Invokation eröffnet das Sonett. Die Wiederholung in der Exposition mit marginaler Variation („schwieg" – „Verschweigung", V. 3) und die Anreihung („Brüllen, Schrei, Geröhr", V. 9) markieren zunächst eine musikalische Charakterisierung. Ferner ist das Enjambement ein wesentliches Phänomen in diesem Gedicht. Semantisch betrachtet ist es entweder ein Zeilensprung oder ein Strophensprung: die Fortführung eines Kolons über die Versgrenze hinweg oder die Fortführung eines Satzes über die Strophengrenze hinweg.[145] Wilhelm Grimm verwendet zur Bezeichnung des Enjambements beiläufig den Ausdruck der Verschränkung.[146] Durch das Enjambement wird die Abgrenzung zwischen den Strophen verwischt; gleichzeitig wird der vollständige Satz im semantischen Sinne unterbrochen. Die zweite Strophe endet mit „und nicht aus Angst in sich so leise waren", die Antwort taucht erst in der dritten Strophe auf: „sondern aus Hören. […]" Die Sätze stellen ihren Sinn erst über den zum Strophensprung gesteigerten Verssprung her. Das gilt auch für den Übergang zwischen der dritten und vierten Strophe. Es wird ersichtlich, dass sich Verbindung und Brechung dabei ineinander verschränken und einen gedanklichen Rhythmus kreieren.

Die Spannung zwischen Verbindung und Brechung besteht auch im Verhältnis von Enjambement und Zäsur. Ersteres bedeutet die Überschreitung zwischen Versen, Letzteres die Unterbrechung innerhalb Vers. Die Zäsur wird von Kiril Taranovski als notwendige Bedingung für die Existenz eines Enjambements angesehen, was aber nicht unumstritten ist.[147] Wie es auch sein mag, macht seine These uns auf die Abhängigkeit zwischen jenen beiden aufmerksam. Das Verhältnis zwischen Enjambement und Zäsur dürfte parallel zu gewissem Verhältnis innerhalb der Zeitmaße der Musik wie z. B. zwischen Adagio und Pause nachvollzogen werden. Nach Busoni, den Rilke durch dessen Schülerin Magda von Hattingberg seit 1914 kennenlernte, verfügt die Musik über zwei Seiten – eine hörbare und eine andere, stille Seite. Die Zäsur sei wie „[d]ie spannende Stille zwischen zwei Sätzen", die „in unserer heutigen Tonkunst ihrem Urwesen am nächsten rückt", denn die Stille „läßt

145 Siehe „Enjambement", in: Reallexikon der deutschen Literaturwissenschaft. Bd I: A–G, S. 447–448.

146 Vgl. Wilhelm Grimm: Zur altdeutschen Metrik, in: Wilhelm Grimm u. Jacob Grimm: Altdeutsche Wälder. Bd. 1. Kassel, 1813, S. 192–194. Zitiert nach Reallexikon der deutschen Literaturwissenschaft. Bd I: A–G, S. 448.

147 Siehe „Enjambement", in: a. a. O., S. 448.

weiter ahnen, als der bestimmtere, aber deshalb weniger dehnbare Laut vermag".[148] In der Stille verbirgt sich ein assoziativer Raum. Das spiegelt sich auch in der semantischen Ebene wider. Selbst in der Verschweigung ging Anfang, Wink und Wandlung vor. (V. 3–4) Durch das Präfix „Ver–" in „Verschweigung" (V. 3) wird der Blick auf einen Prozess gelenkt. Es verweist auf keinen Zustand der Stille, sondern auf einen Vorgang zur Stille. Der Singular des Verbs „ging" markiert die Identität zwischen Anfang, Wink und Wandlung. In dem Schweigen kommen nämlich mehrere ausdauernde Möglichkeiten gleichzeitig vor.
Nicht ohne Grund behauptet Fülleborn, dass es in Rilkes freiem Spiel mit den Formelementen des Sonetts um die „Verzeitlichung" der räumlich-statischen Sonettstruktur geht. In der Verwandlung der Sonettform sei das Gestaltungstelos in einem strukturellen Gleichgewicht von räumlichen und zeitlichen Komponenten zu erkennen. (Vgl. KA 2, 720) Rilke betrachtet Musik nicht nur als Zeit-Kunst, sondern auch als Raum-Kunst. Daher geht Rilke in der Wendung zur Musik nicht extrem von der räumlichen zur zeitlichen Kunst über, sondern versucht zu ihrem wesentlichen Wechselverhältnis zu gelangen, das sich im musikalischen Phänomen widerspiegelt. In Valérys Worten ist der dichterische Prozess selbst eine Musikalisierung:

> Sie [die Dinge] rufen sich gegenseitig herbei, sie verbinden sich ganz anders miteinander als nach den alltäglichen Regeln; sie sind (gestatten Sie mir diesen Ausdruck) musikalisiert, sie bringen sich gegenseitig zum Klingen und entsprechen einander gleichsam in Harmonie.[149]

In der Musikalisierung wird alles miteinander korrespondieren. Die Ausdrücke über die polyfone Qualität der Musik finden sich auch in den *Sonetten*:

1 1 Blumenmuskel, der der Anemone
2 Wiesenmorgen nach und nach erschließt,
3 bis in ihren Schoß das polyphone
4 Licht der lauten Himmel sich ergießt,

2 5 in den stillen Blütenstern gespannter
6 Muskel des unendlichen Empfangs,
7 manchmal so von Fülle übermannter,
8 daß der Ruhewink des Untergangs (SaO II. 5)

Die synästhetische Formulierung weist einerseits der Musik aus dem Himmel eine sichtbare Form zu – die Gestalt des Lichts und andererseits kommt dem Licht eine polyfone musikalische Qualität zu. (V. 3–4) Die Polyfonie impliziert die Vielstimmigkeit und wird im 7. Vers als Fülle gekennzeichnet. Das polyfone Licht ist demnach als durchsichtiges,

148 Ferruvvio Busoni: Entwurf einer neuen Ästhetik der Tonkunst. Zweite, erweiterte Ausgabe. Leipzig: Insel, 1916. Mit Anmerkungen von Arnold Schönberg und einem Nachwort von Hans Heinz Stuckenschmidt. Frankfurt a. M. 1974, S. 46. Zitiert nach Martinec: Musik und Verwandlung in Rilkes *Sonetten an Orpheus*, S. 167.

149 Paul Valéry: Dichtkunst und abstraktes Denken, in: ders.: Zur Theorie der Dichtkunst: Aufsätze und Vorträge. Übertragen von Kurt Leonhard. Frankfurt a. M.: Insel-Verl., 1962, S. 136–168, hier S. 143.

aber unendliches Ganzes konzipiert, in dem alle Teile miteinander korrespondieren. Mit dieser Metapher sind die *Sonette an Orpheus* ein lyrischer Korpus geworden, in dem sich das Klangbild der Gedichte und seine Resonanz entfalten können.[150]

3.2 Rilkes Musikverständnis: Raum- und Zeitphänomen

In seiner Betrachtung und poetologischen Behandlung der Musik greift Rilke scheinbar auf die Gedanken der deutschen Romantik zurück. In der Romantik wird die Musik zum Inbegriff einer Kunst, die die Natur nicht bloß nachahmt, sondern aus eigenen Mitteln eine Welt erzeugt.[151] Daraus folgt der Vorrang der Kunst vor der Natur. Rilke jedoch kommt niemals zu einer eigentlichen Metaphysik der Kunst. Sein Verständnis zur Autonomie der Kunst bleibt weitgehend konservativ. Seine Wendung zur Musik hängt vielmehr an dem „Unsagbarkeits-Topos" in der Musik: In ihr soll demjenigen Ausdruck verliehen werden, das nicht verbalisiert werden kann. Die Dichter der Romantik betrachten die Musik als Medium der Transzendenz und ursprüngliche Sprache der Natur.[152] Im Sonett II. 10 erklingt ausdrücklich der Unsagbarkeits-Topos:

4 12 Worte gehen noch zart am Unsäglichen aus ...
13 Und die Musik, immer neu, aus den bebendsten Steinen,
14 baut im unbrauchbaren Raum ihr vergöttlichtes Haus.

In dieser Strophe wird impliziert, dass die Musik dem unsagbaren Aspekt der Worte entspricht. Gerade weil die Musik sich weniger auf konkrete Gegenstände in der Welt bezieht, kann sie auf das Unsagbare hinweisen. Neben dem Unsagbarkeits-Topos wird Musik in den *Sonetten* mit der Architektur gleich-gesetzt. Im abschließenden Vers des Sonetts I. 1 heißt es: „[D]a schufst du ihnen Tempel im Gehör." Rilke hat bekanntlich Valérys *Eupalinos ou l'Archi-tecte* ins Deutsche übersetzt.[153] Valéry zufolge sind Musik und Architektur einander verwandt, weil beide das Dingliche nicht nachahmen, und in beiden Stoff und Form in einem innigeren Verhältnis als in sonstigen Kunstformen stehen.[154] Daher dient Musik bei Rilke als „Metapher für sprachliche Figurationen, die eine Welt nicht wiedergeben, sondern allererst ermöglichen"[155].

Angesichts Rilkes Anerkennung der Verwandtschaft zwischen Musik und Architektur lässt sich auch in seiner Poetik ein inniger Zusammenhang zwischen akustischem Phänomen und Raum konstatieren. Die Musik ist im geläufigen Sinne durch die Zeitlichkeit

150 Vgl. Rüdiger Görner: Im Klang der Verwandlung. Rilkes Fragen nach dem Wesen der Musik, in: Thomas Martinec (Hrsg.): Rilkes Musikalität, S. 15-28, hier S. 25.

151 Vgl. Winfried Eckel: Musik, Architektur, Tanz. Zur Konzeption nicht-mimetischer Kunst bei Rilke und Valéry, in: Rilke und die Weltliteratur. Hrsg. von Manfred Engel und Dieter Lamping. Düsseldorf: Artemis & Winkler, 1999, S. 236-259, hier S. 238.

152 Vgl. Friedrich Blume: „Romantik", in: Friedrich Blume (Hrsg.): Die Musik in Geschichte und Gegenwart. Allgemeine Enzyklopädie der Musik. Bd. 11. Kassel: Bärenreiter-Verlag, 1963, S. 785-845, hier S. 792-794.

153 Themen dieser Dialoge sind die Künste, Malerei und Dichtung, Tanz, Musik und Architektur und die Wirkung der Form auf Menschen. Vgl. Paul Valéry: Eupalinos oder Der Architekt. Übertragen von Rainer Maria Rilke. Berlin: Suhrkamp, 2018.

154 Vgl. Maja Goth: Rilke und Valéry: Aspekte ihrer Poetik. Bern: Francke, 1981, S. 63.

155 Thomas Martinec: Einleitung, in: ders. (Hrsg.): Rilkes Musikalität, S. 10.

charakterisiert. In der traditionellen Betrachtungsweise ist die Musik als Zeitkunst und die bildende Kunst als Raumkunst konzipiert. Denn die musikalische Bewegung wird wesentlich durch das jeweilige Zeitmaß der Musik gestaltet. Sie vollziehe sich im Lauf der Zeit und erschließe sich dem Zuhörer erst nach Beendigung der melodischen Einheit.[156] Die Differenzierung zwischen Raumkunst und Zeitkunst wird durch Lessing in die Dichtungstheorie eingeführt. Lessing hatte mit der Tradition des Horazschen Prinzip des „ut pictura poiesis" („Wie die Malerei so die Poesie") gebrochen und die Differenzierung zwischen Dichtung und bildenden Künsten begründet. Während Lessing die Malerei aufgrund des Nebeneinanders der Körper im Raum als Raumkunst bezeichnet, bestimmte er die Dichtung aufgrund ihres Prinzips der Sukzessivität als Zeitkunst: „[D]ie Zeitfolge ist das Gebiet des Dichters, so wie der Raum das Gebiet des Malers."[157] Ein zentraler Punkt der lessingschen Ästhetik liegt in der Zeitkategorie, die dem Wesen der Dichtung zugeschrieben wird. Dagegen erhebt Herder Einwände und bestimmt die Energie, die Kraft – auch die Einbildungskraft – als das Wesen der Poesie.[158] Die beiden Ansichten sind in der Tatsache nicht widersprüchlich. Lessings Ansicht betrifft das formale Merkmal der Poesie, während Herder ihren inhaltlichen Aspekt unterstreicht. In Rilkes Poetik des Hörens sind beide Aspekte vereinigt.

In den *Vorlesungen über die Ästhetik* charakterisiert Hegel die Musik als die Zeitkunst im Gegensatz zur Raumkunst der Architektur, Skulptur und Malerei: „Dies Tilgen nicht nur der einen Raumdimension, sondern der totalen Räum-lichkeit überhaupt, dies völlige Zurückziehen in die Subjektivität nach seiten des Innern [...] vollbringt [...] die Musik."[159] Die Legitimation der klassischen Differenzierung zwischen Raum- und Zeitkunst wird später von Adorno bezweifelt: „Die etablierten Grenzen von Raumkunst und Zeitkunst gegeneinander entspringen aus dem klassifikatorischen, ordnenden Bedürfnis [...]"[160] Demnach kann die Musik auch im Raum stattfinden und die räumlichen Verhältnisse können das musikalische Phänomen beeinflussen.[161]

Spätestens seit 1900 wird die Grenze zwischen Musik als Zeitkunst und Malerei als Raumkunst in der Praxis überwunden. Dabei sind „Verräumlichungstendenzen der Dichtung" und komplementär dazu „Verzeitlichungstendenzen der Malerei" zu beobachten.[162] Der Maler Paul Klee ist bekannt für seine malerische Umschreibung der Musik, die die Differenzierung zwischen Zeit-Kunst und Raum-Kunst vehement zurückweist. Klees Malerei über die visuelle Darstellung der Musik beeindruckte und beeinflusste Rilke tief. An

156 Vgl. Boris Luban-Plozza; Mario Delli Ponti; Hans H. Dickhaut: Musik als Zeitkunst, in: T. Graf-Baumann (Hrsg.): Musik und Psyche: Hören mit der Seele. Basel: Birkhäuser, 1988, S. 183–190, hier S. 184.

157 Gotthold Ephraim Lessing: Laokoon. Hrsg. von Wilfried Barner. Deutscher Klassiker Verlag. Lessing 1766 XXIII, S. 130. Vgl. Hinweis von Pasewalck, a. a. O., S. 35.

158 Vgl. Ralph Köhnen: Sehen als Textkultur: intermediale Beziehungen zwischen Rilke und Cézanne. Bielefeld: Aisthesis-Verl., 1995, S. 26f.

159 Georg Wilhelm Friedrich Hegel: Werke in 20 Bänden mit Registerband. Bd. 15: Vorlesungen über die Ästhetik, 3. Frankfurt a. M: Suhrkamp, 1970, S. 133.

160 Theodor W. Adorno: Über einige Relationen zwischen Musik und Malerei, in: ders.: Gesammelte Schriften, Bd. 16. Musikalische Schriften I-III. Hrsg. von Rolf Tiedemann. 1. Aufl., 1978, Frankfurt am Main: Suhrkamp, 1978, S. 628–644, hier S. 638.

161 Vgl. ebd., S. 632.

162 Vgl. Köhnen: a. a. O., S. 27.

Wilhelm Hausenstein, der 1921 eine Studie über Klee verfasst hatte, schrieb Rilke:

> Daß seine (Klees) Graphik oft Umschreibung von Musik ist, hätte ich damals schon errathen, selbst wenn man mir nicht von seinem unerschöpflichen Geigenspiel erzählt haben würde. Dies ist für mich der unheimlichste Moment seiner Produktivität; denn obgleich die Musik dem zeichnenden Stift Gesetzmäßigkeiten unterlegt, die hier und drüben gelten, so vermag ich doch diesem Sich-Verständigen der Künste hinter dem Rücken der Natur nie ohne eine Art von Schauder zuzusehen: als ob wir von dorther einmal sollten überfallen und entsetzlich wehrlos gefunden werden.[163]

In seiner Konzeption einer Umschreibung der Musik betrachtet Klee die Linie nicht als statisch, sondern als energetischen Impuls bzw. eine Bewegungsform. Diesen Rhythmus behandelt Klee bewusst als musikalischen Wortschatz, indem er ihn mit der Bewegung im Bildraum im Zusammenhang setzt. Durch die Hervorhebung der Bewegung im Raum wird also die Analogie zum Zeitlichen der Musik gezogen.[164]

In Rilkes Fall enthält die Musik umgekehrt eine räumliche Komponente. Einerseits ist Musik für Rilke verwandt mit der Architektur, andererseits ist sie die ursprüngliche Form des Rhythmus. Im Sonett I. 2 wird der Atem explizit mit dem Gesang gleichgesetzt. Dabei transformiert sich auch das Gedicht in dynamische Rhythmen („Einzige Welle"), die sich im Raum ausbreiten („Raumgewinn"). Die Räumlichkeit und Zeitlichkeit als Janusköpfigkeit der Musik wird später im Bild des Gong-Gedichts suggeriert:

> Gong
>
> Nicht mehr für Ohren ...: Klang,
> der, wie ein tieferes Ohr,
> uns, scheinbar Hörende, hört.
> Umkehr der Räume. Entwurf
> innerer Welten im Frein ...,
> Tempel vor ihrer Geburt,
> Lösung, gesättigt mit schwer
> löslichen Göttern ...: Gong!
> [...] (SW 2, 186–187)

Die Voraussetzung für das Hörbare des Gongs ist seine Verwandlung ins Unsichtbare. Der Gong gebe wie die Glocke immer wieder Vergängliches unsichtbar in der sonoren Verwandlung der Töne in den Raum hinaus.[165] Daher vertritt Holthusen die These: „Auf Schritt und Tritt vollzieht die orphische Sprache die Verwandlung des Zeitlichen in

163 Zitiert nach Herman Meyer: Die Verwandlung des Sichtbaren, in: ders.: Zarte Empirie. Studien zur Literaturgeschichte, 1963, S. 287–336, hier S. 336.

164 Vgl. Christian Geelhaar: Paul Klee, in: Karin v. Maur (Hrsg.): Vom Klang der Bilder: die Musik in der Kunst des 20. Jahrhunderts. Mit Beitr. von Friedrich Teja Bach. München: Prestel, 1985, S. 422–429, hier S. 423.

165 Vgl. Rehm: a. a. O., S. 512.

Räumliches, des Bewegten in Dasein."[166] Diese Ansicht vernachlässigt jedoch, dass Raum und Zeit bei Rilke wesentlich voneinander abhängig und ineinander verwandelbar sind. Im orphischen Gesang erfolgt nicht nur die Verwandlung des Zeitlichen in Räumliches, sondern auch die des Räumlichen in Zeitliches. Die wechselseitige Verwandelbarkeit zwischen Raum und Zeit manifestiert sich deutlich im Gedicht *An die Musik*:

An die Musik

1 Musik: Atem der Statuen. Vielleicht:
Stille der Bilder. Du Sprache wo Sprachen
enden. Du Zeit,
die senkrecht steht auf der Richtung vergehender Herzen.
[...] (SW 2, 111)

Es fällt auf, dass sich Statik und Bewegung, Raum und Zeit verschränken: Die Statuen atmen, die Bilder schweigen. Die bildende Kunst gibt Laute von sich und wird eben darin durch die Zeitlichkeit geprägt. Indem diese synästhetische Verschränkung durch das erklärende Kolon (V. 1) auf die Musik hinweist, kommen der Musik auch zugleich räumliche und zeitliche Qualitäten zu. Dass die Zeit mit dem Adjektiv „senkrecht" (V. 4) annotiert wird, das eine Richtung im Raum angibt, impliziert die Verwandlung des Zeitlichen ins Räumliche. Die Richtung wird aber als die vom „vergehende[n] Herzen" (V. 4) bezeichnet, die eine Vergänglichkeit zweifellos übermittelt. Daraus ist festzuhalten, dass die Grenze zwischen Raum und Zeit bei Rilke weitgehend aufgehoben wird. Die wesentliche wechselseitige Abhängigkeit zwischen allen liegt dem Zyklus zugrunde und ermöglicht die stetige Verwandlung zwischen Raum und Zeit, zwischen Sichtbarem und Unsichtbarem. Dichtung wird damit als Inbegriff einer geistig-existenziellen Dynamik konzipiert:

1 Stiller Freund der vielen Fernen, fühle,
wie dein Atem noch den Raum vermehrt.
Im Gebälk der finstern Glockenstühle
laß dich läuten. Das, was an dir zehrt,

2 wird ein Starkes über dieser Nahrung.
Geh in der Verwandlung aus und ein.
Was ist deine leidendste Erfahrung?
Ist dir Trinken bitter, werde Wein.

3 Sei in dieser Nacht aus Übermaß
Zauberkraft am Kreuzweg deiner Sinne,
ihrer seltsamen Begegnung Sinn.

4 Und wenn dich das Irdische vergaß,

166 Hans Egon Holthusen: Rilkes Sonette an Orpheus: Versuch einer Interpretation. München: Neuer Filser-Verl., 1937, S. 31.

13 zu der stillen Erde sag: Ich rinne.
14 Zu dem raschen Wasser sprich: Ich bin.

(SaO II. 29)

Das Anfangs- und das Schluss-Sonett des II. Teils werden durch das gemeinsame Motiv des Atmens miteinander verbunden. Dadurch ist der orphische Kreis vollzogen. Die beiden Sonette sind inhaltlich zueinander komplementär: Während es dort um den „Raumgewinn" im Einatmen geht, handelt es sich hier darum, dass das Ausatmen „den Raum vermehrt" (V. 2). So erscheint die innere Bewegung des II. Zyklus gleichsam als ein ganzer Atemvorgang, der sich ins unsichtbare Gedicht verwandelt.[167]
Der Raum wird von der Bewegung des Atems erfüllt und vermehrt, was als Metapher für den Klang betrachtet werden kann. (V. 1–2) In dem klingenden Raum vollzieht sich stets die orphische Verwandlung: „Geh in der Verwandlung aus und ein." (V. 6) Der schlichte Imperativ fasst nicht nur den Bildgehalt des letzten Sonetts zusammen, sondern resümiert den gesamten Zyklus.[168] Diese rhythmische Verwandlung bewegt sich durch den Zyklus:

[1]

2 5 um andre Namen. Ein für alle Male
6 ists Orpheus, wenn es singt. **Er kommt und geht.**
7 Ists nicht schon viel, wenn er die Rosenschale
8 um ein paar Tage manchmal übersteht?

(SaO I. 5)

[2]

1 1 **O komm und geh**, Du, fast noch Kind, ergänze
2 für einen Augenblick die Tanzfigur
3 zum reinen Sternbild einer jener Tänze,
4 darin wir die dumpf ordnende Natur

(SaO II. 28)[169]

Durch den fortwährenden Rhythmus zwischen Gehen und Kommen wird eine Verwandlung in beiden Richtungen evoziert: Verwandlung zwischen Anwesenheit und Abwesenheit, zwischen Sichtbarkeit und Unsichtbarkeit. Die musikalische Bewegung versinnbildlicht diese ewige Verwandlung vollkommen. Die innere Bewegung des Baums, der unaufhörliche Kreislauf des Brunnens und die Tanzfigur gehören ebenfalls zu der ewigen Bewegung.
Die ewige Verwandlung findet ihr intensivstes Bild am Ende des Sonetts II. 29: „zu der stillen Erde sag: Ich rinne. / Zu dem raschen Wasser sprich: Ich bin." Die Bewegung und Ruhe überlappen sich dabei. Die komplementäre Verwandlung bedeutet nichts anderes als die Aufhebung des einseitigen Daseins und fordert damit, „in jedem Moment zum

167 Vgl. Hermann Mörchen: Rilkes Sonette an Orpheus. Stuttgart: Kohlhammer, 1958, S. 410.
168 Vgl. Gerok-Reiter: a. a. O., S. 55.
169 Hervorhebung durch die Verfasserin.

immer einseitigen, bedürftigen Teil des Ganzen das ihn ergänzende Gegenteil zu sein und somit das Ganze zu bilden […]" (KA 2, 726) Die Verwirklichung der Verwandlung setzt die Erkenntnis über die Vollzähligkeit voraus, dass die wesentliche Verbindung zwischen den Seienden besteht. Die irdischen Dinge sind Glieder eines Seinszusammenhangs und ergänzen als solche einander.

Die Musikalisierung des Gedichts beschwört nicht nur die Reinheit der Sprache, sondern führt auch Raum und Zeit als fühlbare Phänomene in die Kunst ein. Diese beiden Aspekte verhalten sich nicht ohne Relation zueinander. Raum und Zeit gelten als elementare Kategorien in Rilkes Poetik des Hörens, die die seit Platon geläufige binäre Subjekt-Objekt-Relation kraftlos machen.[170] In dieser betrachtet das Subjekt aus seinem Eigenwollen heraus das Objekt als sein bloßes Gegenüber und vernachlässigt den Bezug zwischen den Gliedern des Ganzen – wozu auch das Subjekt gehört. Die Reinheit der Sprache, die als zwecklose Selbstdarstellung begriffen wird, würde durch ein solches dominantes und spontanes Subjekt weitgehend beeinträchtigt, weil die reine Sprache bzw. der echte Gesang das Vernehmen und Empfangen als Erstes voraussetzt. In Bezug auf Raum und Zeit wird die Subjekt-Objekt-Relation einigermaßen aufgelockert, damit das Empfänglich-Sein des Subjekts gesichert wird.

170 Vgl. Else Buddeberg: Heideggers Rilkedeutung, in: DVjs 27 (1953), S. 387–412, hier S. 403.

4 Ohr und Mund: die Einheit von Hören und Sagen

Aus den vorhergehenden Analysen ist festzustellen, dass das Hören auf der strukturellen und inhaltlichen Ebene wesentlich für die *Sonette an Orpheus* ist. Das Ohr steht für den demütigen Empfang, während die Augen zuletzt auf die „subjektzentrierte Aneignung als Kolorierung der Welt in den Farben des Begehrens“ [171] verweisen. Die Figur des „Ohr[es]“ begleitend tritt stets das Wort „Mund“ in *Sonetten* auf.

4 12 O du verlorener Gott! Du unendliche Spur!
13 Nur weil dich reißend zuletzt die Feindschaft verteilte,
14 sind wir die Hörenden jetzt und ein Mund der Natur.

(SaO I. 26)

Die Vernichtung Orpheus markiert in einer extremen Weise das Verschwinden des Subjekts im Zyklus. Der durch „weil“ geleitete kausale Satz (V. 13–14) macht eine logische Abfolge deutlich. Der Tod von Orpheus ermöglicht uns das Hören sowie das Sagen. Zum Verhältnis zwischen Hören und Sagen merkt Valéry zutreffend an: „Hören? das heißt aber sprechen. Man versteht das Gehörte erst, wenn man es selbst gesagt hat, von einem anderen Ansatzpunkt her.“[172] Im zweiten Kapitel wurde bereits erläutert, dass das Hören dem Sagen zugrunde liegt. Ehe der Sänger durch die Inspiration der Gottheit seine Stimme erhebt, ist er ein zu inspirierender Hörender. Die Identität des Ohrs und des Mundes lässt sich als elementare Basis der *Sonette* begreifen. Für das Vernehmen der göttlichen Offenbarung ist die Sprechinstanz des Zyklus zugleich Ohr und Mund, d. h. Empfänger und Vermittler. Im Sonett II. 15 ist diese Identität deutlich zu erkennen:

171 Manfred Engel (Hrsg.): Rilke-Handbuch, S. 410.

172 Valéry: Notizbuch eines Dichters, in: ders.: Zur Theorie der Dichtkunst: Aufsätze und Vorträge, S. 90–100, hier S. 91.

1 1 O Brunnen-Mund, du gebender, du Mund,
2 der unerschöpflich Eines, Reines, spricht, –
3 du, vor des Wassers fließendem Gesicht,
4 marmorne Maske. Und im Hintergrund

2 5 der Aquädukte Herkunft. Weither an
6 Gräbern vorbei, vom Hang des Apennins
7 tragen sie dir dein Sagen zu, das dann
8 am schwarzen Altern deines Kinns

3 9 vorüberfällt in das Gefäß davor.
10 Dies ist das schlafend hingelegte Ohr,
11 das Marmorohr, in das du immer sprichst.

4 12 Ein Ohr der Erde. Nur mit sich allein
13 redet sie also. Schiebt ein Krug sich ein,
14 so scheint es ihr, daß du sie unterbrichst.

Der Brunnen wird als sprechender Mund bezeichnet. Er spricht nur „Eines", i. e. hat nur einen Inhalt des Gesagten, das aber rein und unerschöpflich ist. (V. 1–2) Mit der Alliteration und Apposition von „eines" und „Reines" wird impliziert, dass die Reinheit von der Singularität des Einen bedingt wird, die als Einheit ausgelegt werden kann. Neben Einheit und Reinheit wird dem Wort vom Brunnen noch die Unerschöpflichkeit zugewiesen. Sie entspricht zuerst den natürlichen Zügen des Brunnens, der der Erde entspringt und in diese wieder mündet. Das Wasser, das aus dem Brunnen fließt, wird durch Aquädukte (V. 5) geleitet, i. e. die Wasserleitungen der römischen Baukunst. Der Fluss geht weiter an Gräbern und Gebirgen des Apennins vorbei. (V. 6) Dabei wird die kulturelle Vergangenheit der römischen Antike miteinbezogen.[173] Ferner verweist das Verhältnis von Ursprung und Unerschöpflichkeit noch auf die antiken Kulturgüter. Es schließt sich an die antiken Sarkophage im Sonett I. 10 an:

1 1 Euch, die ihr nie mein Gefühl verließt,
2 grüß ich, antikische Sarkophage,
3 die das fröhliche Wasser römischer Tage
4 als ein wandelndes Lied durchfließt.

2 5 Oder jene so offenen, wie das Aug
6 eines frohen erwachenden Hirten,
7 – innen voll Stille und Bienensaug –
8 denen entzückte Falter entschwirrten;

173 Vgl. Christoph König u. Kai Bremer (Hrsg.): Über „Die Sonette an Orpheus" von Rilke: Lektüren. Im Auftrag des Peter Szondi-Kollegs. Göttingen: Wallstein Verlag, 2016, S. 218f.

3 alle, die man dem Zweifel entreißt,
grüß ich, die wiedergeöffneten Munde,
die schon wußten, was schweigen heißt.

4 Wissen wirs, Freunde, wissen wirs nicht?
Beides bildet die zögernde Stunde
in dem menschlichen Angesicht.

Während der Fluss im Sonett II. 15 als „Sagen“ (V. 7) bezeichnet wird, wird das Wasser hier mit dem Lied (V. 4) verglichen. Der antike Sarkophag wird als wiedergeöffneter Mund benannt, der mit dem Brunnen-Mund des Sonetts II. 15 identifiziert wird. Mit Bezug auf die antiken Kulturgüter ist die Unerschöpflichkeit des Brunnen-Mundes auf das Wesen des Mythos herübergezogen. Der Mythos ist Gockels Meinung nach „erstes Ursprüngliches und Unnachahmliches“, das „nach allen Umbildungen noch die alte Natur und Kraft durchschimmern läßt.“[174] Der Fluss, der Sagen und Lieder aus der Antike trägt, deutet auf die poetische Überlieferung des Mythos hin. In diesem Sinne sind die *Sonette an Orpheus* auch ein wiedergeöffneter Mund für den antiken Orpheus-Mythos. Im griechischen Mythos fließt der Fluss Mnemosyne in der Unterwelt, die die Mutter der Musen ist. Ihr Wasser ruft die Erinnerung hervor und bildet einen Gegensatz zum Fluss Lethe, der zum Vergessen führt.[175] Sprachgeschichtlich betrachtet ist das Wort keine individuelle Erfindung, sondern eine Überlieferung, die Sprachgebrauch bzw. rhetorische Topoi von der Antike weiterträgt. An dieser Stelle ist wiederum auf Rilkes Worte über die Weiterleitung der Tradition hinzuweisen:

> In der Tat, je mehr uns die Tradition äußerlich abgeschränkt und abgeschnurt wird, desto entscheidender wird es für uns, ob wir fähig bleiben, zu den weitesten und geheimsten Überlieferungen der Menschheit offen und leitend zu bleiben. Die Sonette an Orpheus sind, so verstehe ich sie immer mehr, ein im letzten Gehorsam geleisteter effort in dieser tiefen Richtung [...][176]

Rilke sieht die Aufgabe der *Sonette* darin, gegenüber der Tradition offen zu bleiben und ihren „Fluss“ weiterzuleiten. Hierbei lässt sich ein dynamisches Verhältnis zwischen Ursprung und Überlieferung feststellen, das in der Figur „Brunnen“ versinnbildlicht wird. Das Wasser kommt aus dem Brunnen-Mund und strömt über das (als „Ohr“ bezeichnete) Brunnenbecken wieder zur Erde zurück. Der Prozess ist mit einem Selbstgespräch gleichzusetzen. Durch den Brunnen verwirklicht die Erde, sprechend und sich hörend, ihr Selbstgespräch.[177] In dieser Sprechsituation lässt sich das Gespräch als Selbstreflexivität

174 Gockel: a. a. O., S. 267.

175 Siehe Paul Weizsäcker: „Mnemosyne“, in: Wilhelm Heinrich Roscher (Hrsg.): Ausführliches Lexikon der griechischen und römischen Mythologie, Bd. 2,2: Laas – Myton. Leipzig: Teubner, 1894–1897, S. 3076–3078.

176 Brief an Margot Sizzo (6.1.1923), in: Rainer Maria Rilke: Briefe 2, S. 268.

177 Vgl. Ernst Leisi: Rilkes Sonette an Orpheus: Interpretation, Kommentar, Glossar. Tübingen: Narr, 1987, S. 193.

begreifen. Durch die Identität von Hörenden und Sprechenden wird zugleich die Differenzierung zwischen Subjekt und Objekt aufgehoben. Der Künstler ist zugleich Subjekt und Objekt. Die von seinem Wesen aus-gehenden Seinsäußerungen kehren wieder zu ihm zurück.[178] In dieser Seinsweise stehen sie sich nicht gegenüber, sondern hängen voneinander ab.

4.1 Das Ohr und das Offene

Die letzten zwei Verse vom Sonett II. 15 besagen, dass die Erde sich „unterbrochen" fühlt, wenn man einen Krug in den Brunnen „einschiebt":

> 4 Ein Ohr der Erde. Nur mit sich allein
> redet sie also. Schiebt ein Krug sich ein,
> so scheint es ihr, daß du sie unterbrichst.

Hier wird also, die vorherige Interpretation vorausgesetzt, impliziert, dass das Erscheinen des Subjekts das Selbstgespräch der Erde unterbricht. Der „Krug" (V. 13) steht an dieser Stelle für das Mittel einer begehrenden Handlung, die die Bedürfnisse des Subjekts befriedigen kann. Dadurch wird angedeutet, dass das schaffende Subjekt in der Produktion der qua Selbstgespräch verstandenen Poesie verschwinden soll, um die Reinheit der Poesie zu garantieren. Durch die Verzweckung unterbricht das Subjekt den orphischen Kreislauf des Seins.[179] Zur Verwirklichung der Identität des Hörens und Sprechens ist das Schweigen des Subjekts eine unerlässliche Bedingung, die das Zurückdrängen des Begehrens und des Zweckes bedeutet.

Die andere Seite des Schweigens des Subjekts ist die Offenheit zur Welt, die das Ohr im Grunde symbolisiert. Allemann hat darauf hingewiesen, dass ‚das Offene' für Rilke „jene[r] geheimnisvolle Bereich [ist], in den die Tiere und Dinge eingelassen sind, der aber dem erwachsenen Menschen, der die Welt nicht als das Offene, sondern als Gegenüber erfährt, verschlossen bleibt"[180]. Im Zentrum der *Sonette* stehen auffällig neben dem Orpheus v. a. nicht–personale Entitäten: Obst (I. 12–15), Hund (I. 16), Schimmel (I. 20), Spiegel (II. 3), Einhorn (II. 4), Blumenmuskel (II. 5), Rose (II. 6), Bälle (II. 8), Brunnen (II. 15), Gold (II. 19), Sterne (II. 20) u. Ä. Die menschliche Figur erscheint nur selten als Mädchen und Kind, die auch vom erwachsenen Menschen zu unterscheiden sind. Im unendlichen Blühen der Anemone wird eine Frage über die Offenheit aufgeworfen: Wann sind wir endlich offen und Empfänger?

> 1 Blumenmuskel, der der Anemone
> Wiesenmorgen nach und nach erschließt,
> bis in ihren Schoß das polyphone
> Licht der lauten Himmel sich ergießt,
>
> 2 in den stillen Blütenstern gespannter
> Muskel des unendlichen Empfangs,

178 Vgl. Leisi: a. a. O., S. 20.
179 Vgl. ebd., S. 26.
180 Allemann: a. a. O., S. 36.

manchmal so von Fülle übermannter,
daß der Ruhewink des Untergangs

3 kaum vermag die weitzurückgeschnellten
Blätterränder dir zurückzugeben:
du, Entschluß und Kraft von wieviel Welten!

4 Wir Gewaltsamen, wir währen länger.
Aber wann, in welchem aller Leben,
sind wir endlich offen und Empfänger?

(SaO II. 5)

Das Motiv der Musik wird bereits im dritten Kapitel behandelt. Blühen wird als Erschließen (V. 2) bezeichnet, nämlich als Offen–Sein. Die synästhetische Formulierung schreibt dem Licht eine musikalische Qualität zu. Dementsprechend ist der Empfang der Anemone eine Handlung des Hörens geworden. Die Anemone ist also ein Ohr auf der Erde. Indem der Himmel (V. 4) auf die Anwesenheit Gottes hindeutet, ist das polyphone Licht als göttliche Offenbarung zu begreifen. Das „unendlich“ (V. 6) bezeichnet nicht nur den Empfang der Blumen, sondern auch die Unerschöpflichkeit der göttlichen Musik. Die Blume ist so offen, dass sie sogar vergisst, sich vor dem Sonnenuntergang zu schließen. (V. 8–9) Hier liegt die Vermutung nahe, dass das Selbstvergessen des Subjekts und die Offenheit in einem Zusammenhang stehen. Anschließend wird die Frage an uns gestellt, wann wir endlich offen und Empfänger sind. (V. 14) Rilkes Antwort darauf ist in der achten Elegie anzutreffen:

Die achte Elegie
Rudolf Kassner zugeeignet

1 Mit allen Augen sieht die Kreatur
das Offene. Nur unsre Augen sind
wie umgekehrt und ganz um sie gestellt
als Fallen, rings um ihren freien Ausgang.
Was draußen ist, wir wissens aus des Tiers
Antlitz allein; denn schon das frühe Kind
wenden wir um und zwingens, daß es rückwärts
Gestaltung sehe, nicht das Offne, das
im Tiergesicht so tief ist. Frei von Tod.
Ihn sehen wir allein; das freie Tier
hat seinen Untergang stets hinter sich
und vor sich Gott, und wenn es geht, so gehts
in Ewigkeit, so wie die Brunnen gehen.
Wir haben nie, nicht einen einzigen Tag,

den reinen Raum vor uns, in den die Blumen
unendlich aufgehn. Immer ist es Welt
und niemals Nirgends ohne Nicht:
das Reine, Unüberwachte, das man atmet und
unendlich weiß und nicht begehrt. Als Kind
verliert sich eins im stilln an dies und wird
gerüttelt. Oder jener stirbt uns ists.
[...]

Die achte Elegie enthält fast alle Elemente des Begriffs ‚des Offenen'. „Wir haben nie, nicht einen einzigen Tag, / den reinen Raum vor uns, in den die Blumen / unendlich aufgehn." (V. 14–16) Dieser reine Raum der Blume (V. 15) ist explizit mit dem Raum der Anemone im Sonett II. 5 gekoppelt. In der achten Elegie unterscheidet Rilke Menschen und andere Kreaturen in Ansehung der Augen. Hierbei ist ‚das Offene' Tieren, Brunnen und Blumen zugesprochen. Im Gegensatz dazu sind unsere Augen verschlossen zur Welt. Der Begriff ‚des Offenen' hängt bei Rilke mit dem Bewusstseinsgrad zusammen:

> Sie müssen den Begriff des „Offenen", den ich in dieser Elegie vorzuschlagen versucht habe, so auffassen, daß der Bewußtseinsgrad des Tieres es in die Welt einsetzt, ohne daß es sie sich (wie wir es tun) jeden Moment gegenüber stellt; das Tier ist *in* der Welt; wir stehen *vor* ihr durch die eigentümliche Wendung und Steigerung, die unser Bewußtsein genommen hat.[181]

Heidegger hat die Spannung zwischen Bewusstsein und Offenheit unterstrichen.[182] Das subjektive Bewusstsein verhindert die Offenheit zur Welt. Das Wörtchen „in" wird von Heidegger als „ungelichtet einbezogen in das Gezüge des reinen Bezuges"[183] ausgedeutet. „In" verweist auf den Zusammenhang zwischen Tier und Welt, d. h., die Tiere sind ein Teil der Welt. Hingegen stehen die Menschen vor der Welt, stellen sich ihr jeden Moment gegenüber. Das markiert unübersehbar die binäre Subjekt-Objekt-Relation, die von der dominanten Stellung des Subjekts vor dem Objekt eingeprägt wird. Dabei exis-tiert der Gegenstand des Erkennens auch als das isolierte Seiende. Der Bezug zwischen den Dingen wird dabei weitgehend vernachlässigt. Die Offenheit fordert einerseits die Einschränkung des Bewusstseins auf, andererseits den Bezug zwischen den Dingen zur Kenntnis zu nehmen.[184]

Die Einschränkung des Bewusstseins ist bei Rilke zuerst als Anonymität am Werk. Engelhardt stellt es bei Rilke wie folgt fest: „Rilke denkt das Arbeiten primär als Abarbeiten des

181 Brief an einen russischen Leser (25.2.1926), in: Maurice Betz: Rilke in Frankreich: Erinnerungen, Briefe, Dokumente. Aus d. Franz. übers. von Willi Reich. Wien; Leipzig; Zürich: Reichner, 1938, S. 291. Kursivierung durch die Verfasserin.

182 Vgl. Martin Heidegger: Wozu Dichter?, in: ders.: Holzwege. 8.,unveränd. Aufl., Frankfurt am Main: Klostermann, 2003, S. 248–295, hier S. 264.

183 Ebd.

184 Vgl. Gerok-Reiter: a. a. O., S. 153.

Ich, als Vergehen an den bearbeiteten Gegenstand, der es so aber doch ‚aufhebt'."[185] Rilke sieht Cézanne als Vorbild vor allem aufgrund seiner Schaffensweise: Er wusste entsprechend „seine Liebe zu jedem Apfel zu verbeißen und in dem gemalten Apfel unterzubringen für immer"[186]. Nach Hugo Friedrich ist die Entsubjektivierung ein wesentliches Kennzeichen moderner Lyrik, die eine Trennung des dichterischen Subjekts vom empirischen Ich bedeutet.[187] Der Anspruch auf die Entsubjektivierung qua Anonymität wird in den Cézanne–Briefen ausdrücklich unterstrichen:

> So ohne Rückstand ist sie aufgebraucht in der Aktion des Machens. Dieses Aufbrauchen der Liebe in anonymer Arbeit, woraus so reine Dinge entstehen, ist vielleicht noch keinem so völlig gelungen wie dem Alten [Cézanne].[188]

Durch die Anonymisierung der Arbeit soll die Vorliebe bzw. Subjektivität des Künstlers zurückgedrängt werden. Das ganze Wahrnehmen und der Prozess der Verarbeitung der Apperzeption eines Dinges werden damit objektiver und werden nicht mehr von der subjektiven Perspektive überwältigt. Bei Cézanne heißt diese Arbeitsweise die weitestmögliche *Desinvolture* (Ungezwungenheit) gegenüber seinem Gegenstand. Das bedeutet, die Dinge sprechen von sich selbst aus; der Künstler „soll in sich alle Stimmen der Voreingenommenheit [verstummen lassen], vergessen, vergessen, Stille machen, ein vollkommenes Echo sein".[189] Der Künstler soll „ein vollkommenes Echo" werden und sein empirisches Subjekt vergessen. Mit der Identifizierung von Ohr und Mund wird der Sprechende in *Sonetten* ein Echo für den orphischen Gesang. Die Invokation des Gottes überführt die Anonymität des Subjekts endlich in den Gehorsam. Damit rückt die Poetik des Hörens in die unmittelbare Nähe der esoterischen Dichtung, in der eine höhere Instanz den Dichter anspricht.

1 Ein Gott vermags. Wie aber, sag mir, soll
ein Mann ihm folgen durch die schmale Leier?
Sein Sinn ist Zwiespalt. An der Kreuzung zweier
Herzwege steht kein Tempel für Apoll.

2 Gesang, wie du ihn lehrst, ist nicht Begehr,
nicht Werbung um ein endlich noch Erreichtes;
Gesang ist Dasein. Für den Gott ein Leichtes.
Wann aber s i n d wir? Und wann wendet er

185 Vgl. Hartmut Engelhardt: Der Versuch, wirklich zu sein: zu Rilkes sachlichem Sagen. Frankfurt a. M.: Suhrkamp, 1973, S. 53. Zitiert nach Maria Endreva: Die Kunstauffassung in Rilkes kunstkritischen Schriften. Frankfurt a. M. [u.a.]: Lang, 2014, S. 149.

186 Brief vom 13. Oktober 1907, in: Rilke: Briefe über Cézanne, S. 28.

187 Vgl. Hugo Friedrich: Die Struktur der modernen Lyrik. Von der Mitte des neunzehnten bis zur Mitte des zwanzigsten Jahrhunderts. Reinbek bei Hamburg: Rowohlt Taschenbuch-Verl, 2006, S. 70.

188 Brief vom 13. Oktober 1907, in: Rilke: Briefe über Cézanne, S. 27.

189 Paul Cézanne: Über die Kunst. Gespräche mit Gasquet und Briefe. Hrsg. von Walter Hess. Hamburg: Rowohlt, 1957, S. 9. Zitiert nach Park: a. a. O., S. 84.

3 an unser Sein die Erde und die Sterne?
Dies ists nicht, Jüngling, daß du liebst, wenn auch
die Stimme dann den Mund dir aufstößt, – lerne

4 vergessen, daß du aufsangst. Das verrinnt.
In Wahrheit singen, ist ein andrer Hauch.
Ein Hauch um nichts. Ein Wehn im Gott. Ein Wind. (SaO I. 3)

„Ein Gott vermags.“ (V. 1) Zu Beginn wird die Fähigkeit des Gottes explizit artikuliert. Es wird aber verschwiegen, worauf diese Fähigkeit des Gottes verweist. Dadurch wird angedeutet, dass der Gott ein Alleskönner ist. Im nächsten Vers steht „ein Mann“ am Anfang und bildet angesichts seiner Unfähigkeit einen Gegensatz zum Gott. (V. 2) Durch eine rhetorische Frage wird angezeigt, dass der Gott durch die schmale Leier durchgehen kann, was für Menschen schwierig ist. Die Leier im Orpheus-Mythos steht für die vollkommene Dichtkunst. Weil man nach Apollon und Orpheus keinen vergleichbar würdigen neuen Besitzer finden konnte, wurde seine Leier von Zeus als Lyra unter die Sternbilder versetzt.[190] Damit wird die menschliche Fähigkeit zur dichterischen Vollkommenheit infrage gestellt und ein Kontrast geht zwischen Gott und Menschen, zwischen dem Unendlichen und dem Endlichen hervor. Die Antwort auf die Verwirklichungsmöglichkeit der Vollkommenheit wird eigentlich bereits in jener rhetorischen Frage vorweg genommen: Die Möglichkeit besteht darin, dem Gott zu folgen. Indem der Grund der menschlichen Beschränktheit gegenüber Gott als Zwiespalt bestimmt wird (V. 3), wird hierbei nicht Orpheus, sondern der Gott Apollon beschworen. Apollon, der Gott der Künste, belehnte Orpheus mit der Leier und lehrte ihn, das Instrument zu spielen. Der Name „Apollon“ bedeutet Leben und Tod zugleich: „Es ist immer ein und dasselbe was in uns wohnt: Lebendes und Totes und das Wache und das Schlafende und Jung und Alt. Wenn es umschlägt, ist dieses jenes und jenes wiederum, wenn es umschlägt, dieses.“[191] In der Verbindung von Gegensätzlichem symbolisiert der Name „Apollon“ die Überwindung des Zwiespalts. In dieser Strophe werden die für Sonette charakteristischen umarmenden Reime verwendet, die ansonsten in den *Sonetten* selten sind. Die Reime zwischen „Leier“ (V. 2) und „zweier“ (V. 3) deuten auf die Doppeldeutigkeit des Bogens der Leier. Die gewöhnliche Bewaffnung des Apollon besteht aus Pfeil und Bogen.[192] Während Ersteres als todbringendes Projektil auf den Tod verweist, kann Letzteres zugleich Leben und Tod bedeuten. Heraklits Fragment 48 lautet: „Des Bogens Name ist nun Leben, sein Werk Tod“.[193] Heraklit benutzt das griechische *bios* für ein Wortspiel, weil das Wort je nach Betonung sowohl Leben (*bíos*) als auch den gespannten Bogen (*biós*) meint.[194] Mit dem Wortspiel des *bios* wird die

190 Vgl. Kerenyi: a. a. O., S. 306.
191 Hermann Diels (Hrsg.): Die Fragmente der Vorsokratiker. Griechisch und deutsch. 12 B 88, S. 78.
192 Siehe „Apollon“, in: Roscher (Hrsg.): Ausführliches Lexikon der griechischen und römischen Mythologie, Bd. 1, 1: Aba – Evan. Leipzig: Teubner, 1886, S. 438.
193 Hermann Diels (Hrsg.): a. a. O., 12 B 48, S. 73.
194 Auf Anregung und Hinweis von Prof. Dr. Roland Reuß in einem persönlichen Gespräch.

Abhängigkeit von Leben und Tod auf eine subtile Weise ausgedrückt: Das menschliche Leben strebt individuell zum Tode hin.

Der Gott kann aber den Zwiespalt vereinigen, welcher letztere den Sinn des Menschen bestimmt: „Sein Sinn ist Zwiespalt." (V. 3) Das andere Kolon desselben Verses lautet: „An der Kreuzung zweier". (V. 3) Der Zwiespalt wird im Bild der Kreuzung visualisiert. Damit einhergehend wird auch die ursprüngliche Bedeutung des Sinns als „Weg" angedeutet, die auch durch „Herzwege" im 4. Vers expliziert wird. Im literarischen Sprachgebrauch hat „Si-nn" mindestens drei Bedeutungen: Bewusstsein; Denken an etwas Bestimmtes, auf Zukünftiges bezogen; Bedeutung, auf Texte bezogen.[195] Die allen drei Bedeutungen verweisen auf die menschliche Gesinnung, die eine Richtung bzw. Intentionalität impliziert. Mit der Übertragung der Kreuzung auf das Herz („Herzwege", V. 4) wird zudem darauf angespielt, dass der Zwiespalt den Menschen innewohnt. An dieser zwiespältigen Kreuzung gibt es keinen Tempel für den Apollon, der nach der mythologischen Überlieferung ein Orakeltempel für die göttliche Offenbarung bzw. Wahrheit ist. Mit Recht meint Welcker, dass Licht und Wahrsagung mit dem Geisteslicht verwandt seien.[196] Demnach ist Apollon ein Orakelgott, der zugleich Gegensätze vereinigen kann. Weil die Abwesenheit des Orakels am Zwiespalt des Menschen liegt, wird die Vollzähligkeit als poetisches Ideal für die Offenbarung postuliert. Dem Gott zu folgen, bedeutet nämlich die Überwindung des Zwiespalts. Nur in der Vereinigung der Gegensätze kann man sich dem Gott nähern und die Vollkommenheit der Dichtkunst erreichen.

Im zweiten Quartett wird die Differenzierung zwischen Gott und Menschen angesichts des Wesens des Gesangs weiterhin aufgegriffen. Den echten Gesang bestimmt Rilke zunächst *ex negativo*: Begehren und Werbung werden dabei von seinem Wesen aus negiert (V. 5–6). „Begehren" drückt eine Bitte, ein Verlangen aus und bezieht sich vor allem auf Liebende.[197] „Werbung" bedeutet laut Grimmschem Wörterbuch das Bemühen um die Gunst einer Person.[198] Die beiden Handlungen streben „ein endlich noch Erreichtes" (V. 6) an. Das temporale Signalwort „endlich" zeigt die Erfüllungsmöglichkeit des Zwecks in der Zukunft an und impliziert auch die Endlichkeit des Menschen. Bei Begehren und Werbung geht es immer um ein dominantes Subjekt, das das Objekt als seinen Zweck, als Erreichbares betrachtet. Die Konzeption der Zwecklosigkeit stammt aus der Ästhetik Kants und Schillers, insbesondere aus der Lehre vom zweckfrei Schönen. Im tieferen Sinne geht es hier noch um die Pervertierung der üblichen Bedeutung der Begriffe Subjekt und Objekt. In der geläufigen Subjekt–Objekt–Relation erscheint das Objekt immer als „Gegenstand" für das Subjekt. Das führt zuletzt zum Zwiespalt zwischen Subjekt und Objekt. Unter dem Anspruch auf Zwecklosigkeit ist vornehmlich dem neuzeitlichen Subjekt seine Rolle als

195 Siehe „Sinn", in: Hermann Paul: Deutsches Wörterbuch. 9., vollst. neu bearb. Aufl.. Tübingen: Niemeyer, 1992, S. 801.

196 Siehe „Apollon", in: Roscher (Hrsg.): a. a. O., S. 434.

197 Siehe „Begehren", in: Hermann Paul: Deutsches Wörterbuch, S. 102.

198 Siehe „Werbung", in: Deutsches Wörterbuch von Jacob Grimm und Wilhelm Grimm, Erstbearbeitung (1854–1960), digitalisierte Version im Digitalen Wörterbuch der deutschen Sprache, URL: https://www.dwds.de/wb/Werbung (abgerufen am 15.12.2021)

Grundlage der Dichtung und des poetischen Vermögens entzogen.[199]

Im nächsten Vers wird die Zwecklosigkeit als Eigenschaft des göttlichen Gesangs aufgezeigt. Auf der Zwecklosigkeit beruht die positiv bestimmte Aussage „Gesang ist Dasein" (V. 7). Das Wort „ist" verdeutlicht den emphatischen Charakter des Aktes, der nicht nur propositional vom Gesang und vom Dasein künde, sondern auch ihre Identität performativ herstelle.[200] Hierdurch wird die finale Verweisung des Begehrens und der Werbung eliminiert. Dabei wird zuerst erläutert, dass der Gott nicht zwischen Gesang und Dasein differenziert. Das nominalisierte Prädikat „Dasein" für den Gesang kann anhand von Heideggers Gebrauch desselben Begriffs aufgefasst werden, der ebenfalls das In-der-Welt-Sein bedeutet.[201] Dieser Zustand wird von Leisi als Für-sich-Sein bezeichnet: Das Wesen sei nur für sich selbst da und habe keinen Zweck außer sich selbst.[202] Das Verzichten auf Gegenüberstellung ermöglicht die Lösung des binären Bezugs zwischen Subjekt und Objekt. Für den Gott, der die Gegensätzlichkeit vereinigen kann, ist dies ein Leichtes. (V. 7) Aber die Möglichkeit des göttlichen Gesangs wird wieder für den Menschen infrage gestellt: Aber wann sind wir da, dessen Sinn Zwiespalt ist? Wann wendet der Gott an unser Sein die Erde und die Sterne? (V. 8–9)

Das Enjambement vom zweiten Quartett zum ersten Terzett entspricht zuerst der Bedeutung des Verbs „wenden", nämlich „auf eine andere Seite drehen". Das Verhältnis zwischen Vorderseite und Rückseite wird dabei angedeutet. Die Metapher „Sterne" steht in der Tradition für das rein Geistige und damit für das den Menschen Übersteigende. Die „Erde" verweist vielmehr auf das Hiesige, das Sichtbare. Das Verb „wenden" deutet an, dass mit Gottes Hilfe das Umschlagen zwischen Erde und Sternen an unserem eigenen Sein erlebt werden sollte. Denn das Unsichtbare ist kein Gegenteil des Sichtbaren, sondern „seine Ergänzung zur Vollkommenheit, zur Vollzähligkeit, zu der wirklichen heilen und vollen Sphäre und Kugel des Seins."[203] In diesem Zusammenhang wird verständlich, warum das Wenden im Anschluss an die Gleichsetzung „Gesang ist Dasein" besprochen wird. Die Identität von Gesang und Dasein soll nämlich endgültig zur Erfüllung der Vollzähligkeit des Daseins führen.

Mit dem „Wenden" wechselt auch die Implikation des Adressaten „du". Nun wird kein göttliches Du mehr angesprochen, sondern der Jüngling, der den Gesang erneut von Anfang an lernen soll. (V. 10–11)[204] Mit dem Wechsel des Adressaten zeigen Quartett und Terzett überhaupt eine dialogische Struktur zwischen Gott und Menschen an. Die Sprechinstanz dient dabei als implizierter Vermittler. Das Enjambement (V. 8–9) verbindet die beiden Teile und relativiert die antithetische Charakteristik des Sonetts. Diese inszenierte

199 Vgl. Gerok-Reiter: a. a. O., S. 153.

200 Vgl. König u. Bremer (Hrsg.): a. a. O., S. 34–35.

201 Vgl. Ulrich Wienbruch: „Dasein", in: Joachim Ritter u. Karlfried Gründer (Hrsg.): Historisches Wörterbuch der Philosophie. Onlineversion. URL: https://wwwschwabeonlinech.ub-proxy.ub.uniheidelberg.de/schwabexaveropp/elibrary/start.xav?start=%2F%2F%2A%5B%40attr_id%3D%27hwph_productpage%27%5D#__elibrary__%2F%2F*%5B%40attr_id%3D%27verw.dasein%27%5D__1646950952687 (abgerufen am 17.12.2021)

202 Vgl. Leisi: a. a. O., S. 20.

203 Brief an Margot Sizzo (6.1.1923), in: Rainer Maria Rilke: Briefe 2, S. 268.

204 Vgl. König u. Bremer (Hrsg.): a. a. O., S. 33.

Dialogfolge lässt sich auch als Selbstgespräch begreifen, da die Frage am Anfang gestellt und die Antwort darauf am Ende gegeben wird.

Mit dem Wechseln der Anrede an den Menschen wird der echte Gesang wieder *ex negativo* bestimmt. Der liebende Jüngling wird angesprochen und be-lehrt, dass der Gesang nicht einfach Aufstoßen der Gefühle ist: „Dies ists nicht, Jüngling, daß du liebst, wenn auch die Stimme dann den Mund dir aufstößt, – lerne." (V. 10–11) Hier schließen sich die Verse an die Negation von Begehren und Werbung an. Das fordert das Absehen von der persönlichen Sentimentalität, die in der konventionellen Liebeslyrik dominiert. Autobiografisch betrachtet lässt sich die Anforderung auch als Selbstgespräch des jungen Rilke begreifen. In den frühen Gedichten wird der junge Rilke von subjektivem Gefühl erfüllt. In der späteren Phase wandeln sich die persönlichen lyrischen Gefühle im Bewusstsein des Dichters zu „einer einzigartigen Verallgemeinerung und Vergeistigung des Gefühls"[205].

Dass das Verschwinden der Liebe des Subjekts den Kern von Rilkes Anonymitätskonzeption darstellt, begegnet uns bereits in der Erörterung von Rilkes Bewunderung des Cézannes. In der persönlichen Liebe hört man auf, unparteiisch zu sein: „[M]an *beurteilt* es, statt es zu *sagen*."[206] In der Anonymitätskonzeption wird vor allem postuliert, dass die Vorurteile bzw. die Vorlieben, die an jeglicher Gegenstandsperzeption hängen, ausgeschlossen werden sollen. Der Anspruch auf die Objektivität wird hierbei zum Imperativ des Verschwindens vom Subjekt entwickelt: „lerne / vergessen". (V. 11–12) Das Enjambement vom ersten zum zweiten Terzett verbindet die zwei Wörter „lerne" (V. 11) und „vergessen" (V. 12), die durch die Einteilung der Strophen getrennt werden. Das scheinbare Paradox zwischen dem Lernen und dem Vergessen besteht darin, dass das Vergessen als Negation zum Lernen, zu der Aneignung der Erkenntnis aufgefasst werden könnte. Aber diese Negation deutet nur an, dass Vergessen an dieser Stelle ein bewusster Akt ist, der als solcher gelernt werden muss. Durch den syntaktischen Unterbruch wird „vergessen" (V. 12) separat am Beginn des zweiten Terzetts inszeniert und leitet das zweite Terzett ein. Neben der Alliteration bilden „vergessen" und „verrinnt" semantisch einen Zirkel in dieser Zeile, in dem beide auf die Vergänglichkeit verweisen: „vergessen, dass du aufsangst. Das verrinnt." (V. 12) Dass das Personalpronomen „du" zuerst in der Mitte des 12. Verses steht und dann in den weiteren Versen verschwindet, bringt es in einem übertragenen Sinn zum Ausdruck, dass sich der Akt des Vergessens auch auf das singende Subjekt selbst bezieht. Vergessen heißt hier eher „sich vergessen", nämlich ein bewusstes Zurückdrängen des Subjekts. Das Tempus Präteritum von „aufsangst" verdeutlicht auch, dass der Akt vom Subjekt bereits in der Vergangenheit abgeschlossen wurde und der echte Gesang erst in der dadurch realisierten „Entleerung" der Subjektivität entstehen kann. Weil „verrinnen" das Ablaufen einer Flüssigkeit meint, wird damit ein dynamischer Rhythmus hervorgerufen, der von einem Hauch, von Wind und Wehn in den letzten zwei Versen weitergetragen wird: „In Wahrheit singen, ist ein andrer Hauch. / Ein Hauch um nichts. Ein Wehn im Gott. Ein Wind." (V. 13–14) Der Bezug auf den göttlichen Gesang wird wieder

205 Hans Egon Holthusen: Rilkes Sonette an Orpheus: Versuch einer Interpretation. München: Neuer Filser-Verl., 1937, S. 9.

206 Brief vom 13. Oktober 1907, in: Rilke: Briefe über Cézanne, S. 27.

hergestellt, der laut dem Adjektiv „andrer" (V. 13) ausdrücklich von dem menschlichen Gesang zu unterscheiden ist.

Der göttliche Gesang wird lapidar als „in Wahrheit singen" (V. 13) bestimmt. Er rekurriert zunächst auf die Metapher „Tempel für Apoll" (V. 4) im ersten Quartett, der als Orakeltempel auf die Wahrheit hindeutet. In dem menschlichen Zwiespalt steht kein Tempel für die Wahrheit, die nur in der Vollzähligkeit, in der Vereinigung der Gegensätze steht. Krämer verweist dabei noch darauf, dass der göttliche Gesang *in* Wahrheit singt, und nicht die Wahrheit singt.[207] Das bedeutet, der göttliche Gesang versucht nicht, die Wahrheit auszusprechen, sondern vielmehr die Richtung der Wahrheit anzudeuten. Die echte Poesie zerlege und isoliere die Welt nicht, sondern gewähre uns ein ungespaltenes Bewusstsein.[208] Auch Hermann Mörchen bekräftigt das andeutende Merkmal der *Sonette*: „Nicht als fixierbares Ergebnis, sondern nur in der dichterischen ‚Lösung' kann das ‚Geheime', das darin bewahrt wird, in unser Inneres eingehen und uns zu ‚Mitwissenden' machen."[209]

Der orphische Gesang wird zuletzt in den unsichtbaren Bereich überführt: Hauch, Wehen und Wind. Die drei Perioden des letzten Verses kommen gänzlich ohne Verb vor. Grammatikalisch binden sie sich alle an die identifizierende Kopula „ist" (V. 13) des vorhergehenden Verses zurück.[210] Der Bedeutung von „vergessen" entsprechend wird die Dimension des Sprechakts im letzten Vers schrittweise reduziert. In der ersten Periode wird der Hauch noch mit räumlicher und finaler Dimension konnotiert: „Ein Hauch um nichts." (V. 14) Das Wort „um" kann eine kreisförmige Bewegung im Hinblick auf einen in der Mitte liegenden Bezugspunkt bezeichnen. Damit wird zugleich eine finale Verweisstruktur signalisiert. Aber die implizierte Mitte wird als nichts, als leer beschrieben. Das „nichts" ist nämlich eine leere Mitte. Das Wort „nichts" steht zwar in substantivischer Verwendung, aber soll nicht mit dem Nomen „Nichts" identifiziert werden. Einerseits hebt der Ausdruck „um nichts" die Zwecklosigkeit hervor, andererseits vermeidet man dadurch, ohne weiteres auf den Nihilismus hinauszulaufen. Das „nichts" setzt den Akzent vielmehr auf die Reinheit und stellt einen ästhetischen Null-Zustand dar, in dem die Leerung von allen Inhalten, vor allem von dem Subjekt erfolgt ist und die geläufige Differenzierung zwischen Subjekt und Objekt eliminiert wird. In dieser leeren Mitte kommt das richtige Offene zustande. In der achten Elegie lautet es: „Immer ist es Welt / und niemals Nirgends ohne Nicht: das Reine, / Unüberwachte, das man atmet und / unendlich weiß und nicht begehrt." (DE 8, V. 1619) Durch das „unendlich" und die Negation des Begehrens wird das „niemals Nirgends ohne Nicht" mit der Charakteristik des Offenen gekoppelt. Aus dieser zweifachen Negation – deren eine „niemals Nirgends", deren andere „ohne" ausmacht – ergibt sich ein positiver Sinn: das Offene ist Nicht. In dem angeführten Brief an einen russischen Leser schrieb Rilke:

207 Vgl. Thomas Krämer: Rilkes „Sonette an Orpheus": Erster Teil. Ein Interpretationsgang. Würzburg: Königshausen & Neumann, 1999, S. 65. Kursivierung durch die Verfasserin.

208 Vgl. Marielle Sutherland: Der Klang und die Stille im Text: Rilkes Sonette an Orpheus, in: Karen Leeder u. Robert Vilain (Hrsg.): Nach Duino: Studien zu Rainer Maria Rilkes späten Gedichten, S. 28–42, hier S. 31.

209 Hermann Mörchen: a. a. O., S. 35.

210 Vgl. König u. Bremer (Hrsg.): a. a. O., S. 36.

> Mit dem „Offenen" ist also nicht Himmel, Luft und Raum gemeint, auch die sind, für den Betrachter und Beurteiler, „Gegenstand" und somit „opaque" und zu. Das Tier, die Blume, vermutlich, ist alles das, ohne sich Rechenschaft zu geben und hat so vor sich und über sich jene unbeschreiblich offene Freiheit, die vielleicht nur in den ersten Liebesaugenblicken, wo ein Mensch im anderen, im Geliebten, seine eigene Weite sieht, und in der Hingehobenheit zu Gott bei uns (höchst momentane) Äquivalente hat.[211]

Dabei wird ersichtlich, dass das Offene kein Gegenüber hat und durchsichtig sein soll. Die Durchsichtigkeit impliziert die Leerung von Stoffen, im radikalen Sinne nämlich Nichts. Die Leerung ist aber keine bloße Reinigung, sondern eine Verwandlung des Sichtbaren ins Unsichtbare. Das substantivierte Verb „Wehn" (V. 14) in der zweiten Periode akzentuiert die Beweglichkeit der Verwandlung, weil das „Wehn" kein gleichsinniges, starres Vorangehen ausdrückt, sondern eine stetige Verwandlung.[212] Die lokale Präposition „im" (V. 14) vor dem „Gott" kennzeichnet den Ort des Geschehens, i. e. im Inneren von etwas Bestimmten. Die Leerung ist daher kein Abschaffen des Subjekts, sondern die Aufhebung desselben durch die Herstellung eines Bezugs zum Gott. Die letzte Periode des 14. Verses wird bis auf eine Sache reduziert: Ein Wind. Alle sichtbaren Inhalte werden ins Unsichtbare verwandelt. Nur noch ein Wind durchweht den Raum. In diesem Sinne ist der Wind selbst schon Raum, der durch Bewegtheit und Offenheit geprägt ist. Der Artikel „Ein" versteht sich nicht nur als Einzahl, sondern auch als Einheit.

Aus dem Sonett I. 3 lassen sich zwei Weisen zum Offenen beobachten. Der negative Weg besteht darin, dass das Subjekt im Schaffen zurückgedrängt, sogar abgeschafft wird. Die andere – positive – Weise fordert auf, den Bezug zum Ganzen herzustellen, eins mit dem Ganzen zu werden. Für die erstere Weise ist das Motiv des Vergessens essenziell, das eigentlich einen ästhetischen Prozess einbezieht, in dem der Bewusstseinsgrad des Subjekts erheblich verringert wird. In den *Sonetten* gelten das Schlafen und der Tod als Metaphern für den unbewussten Zustand. Im Sonett II. 15 wird ein hingelegtes Ohr im Schlafen geschildert: Dies ist das schlafend hingelegte Ohr. (V. 10) Bemerkenswert ist, dass die Redewendung „sich aufs Ohr legen" auch schon zu Rilkes Zeiten „schlafen" bedeutet.[213] Im Sonett I. 2 wird ein Mädchen beschrieben, das innerhalb des Sprechenden schläft:

> 3 9 Sie schlief die Welt. Singender Gott, wie hast
> 10 du sie vollendet, daß sie nicht begehrte,
> 11 erst wach zu sein? Sieh, sie erstand und schlief.

Im Schlaf besitzt der Mensch ein nur geringes Maß an Bewusstsein, sodass er seine Subjektivität einschränkt und dann erst endlich offen ist. Daher symbolisiert das Mädchen in gewissem Maße das Unbewusstsein des Sprechenden. In dieser Strophe fällt vier Mal das feminine Personalpronomen „sie", während das Personalpronomen „ich" gänzlich fehlt.

211 Brief an einen russischen Leser (25.2.1926), in: Maurice Betz: Rilke in Frankreich: Erinnerungen, Briefe, Dokumente, S. 291.

212 Vgl. Krämer: a. a. O., S. 66.

213 Siehe „Ohr", in: Hermann Paul: Deutsches Wörterbuch, S. 630.

Damit wird suggeriert, dass ein unbewusstes „sie“ an die Stelle des wachen Ich-Subjekts tritt. Die dritte Strophe steht hauptsächlich im apostrophischen Modus: „Sie schlief die Welt.“ [214] „Schlafen“ wird hier transitiv verwendet, und das Objekt kann entsprechend „der Schlaf von jemand anderem“ sein[215], wobei man den Satz so umformulieren kann: „Sie lässt die Welt schlafen.“ Dieser Gebrauch von „schlafen“ impliziert ein kausales Verhältnis des Mädchens zur Welt. Zudem kann „schlafen“ hier auch als „erschlafen“ begriffen werden. Folglich kann der Satz wie folgt sinnvoll paraphrasiert werden: In ihrem Schlaf wird die ganze poetische Welt geschaffen. Demnach ist das Schlafen keine passive, sondern eine produktive Handlung. Zum Verhältnis zwischen Bewusstsein und Offenheit des Subjekts hat Heidegger angemerkt: „Je höher das Bewußtsein, umso ausgeschlossener von der Welt ist das bewußte Wesen.“[216] In der Suspendierung des Bewusstseins wird eine intuitive Innerlichkeit hervorgerufen, die im unmittelbaren Bezug zur Welt steht. Im Sonett II. 13 wird sogar der tödliche Zustand für die Einschränkung der Subjektivität gefordert:

2 Sei immer tot in Eurydike –, singender steige,
preisender steige zurück in den reinen Bezug.
Hier, unter Schwindenden, sei, im Reiche der Neige,
sei ein klingendes Glas, das sich im Klang schon zerschlug.

3 Sei – und wisse zugleich des Nicht-Seins Bedingung,
den unendlichen Grund deiner innigen Schwingung,
daß du sie völlig vollziehst dieses einzige Mal.

In dem zweiten Quartett wird der Tod von Eurydike im Orpheus-Mythos thematisiert. Um Eurydike zurückzubringen, stieg Orpheus in die Totenwelt hinab. Mit wehklagendem Gesang erweichte er die Götter der Unterwelt und erhielt seine Ehefrau zuletzt unter der Bedingung zurück, sie während des gemeinsamen Aufstiegs nicht anzublicken. Mit abgewandtem Antlitz opferte man den Gottheiten der Toten. Es sollte kein Anblick, nur die Stimme im Totenreich erlaubt sein. Durch den Verstoß gegen diese Vorschrift verlor Orpheus seine Geliebte Eurydike erneut und auf ewig.[217]

Der Imperativ des Todes ist hier im metaphysischen Sinne zu verstehen: Die Konstellation des Todeszustands soll immer dem Lebenden verschwiegen werden, was für die Demontage des Subjekts im radikalsten Fall steht, da selbst die Art und Weise, wie das Subjekt durch den Tod demontiert wird, uns für immer verborgen ist. Nach dem ewigen Verlust von Eurydike wird Preisen statt Klagen über den Tod angefordert. (V. 5–6) Der Tod wird als Voraussetzung des Einsteigens in den „reinen Bezug“ (V. 6) betrachtet. Wie der Klang die Zerschlagung des Glases voraussetzt (V. 8), ist der Tod des Subjekts für die Herstellung des reinen Bezugs unerlässlich. Diese Auffassung nähert sich somit Nietzsches Ansicht über das Subjekt im künstlerischen Schaffen an, die in der *Geburt der Tragödie* ausführlich erläutert wird:

214 Vgl. König u. Bremer (Hrsg.): a. a. O., S. 30.
215 Vgl. Leisi: a. a. O., S. 80.
216 Heidegger: Wozu Dichter?, in: ders.: a. a. O., S. 264.
217 Vgl. Kerenyi: a. a. O., S. 303.

> […] da das Subjekt, das wollende und seine egoistischen Zwecke fördernde Individuum nur als Gegner, nicht als Ursprung der Kunst gedacht werden kann. Insofern aber das Subjekt Künstler ist, ist es bereits von seinem individuellen Willen erlöst und gleichsam Medium geworden, durch das hindurch das eine wahrhaft seiende Subjekt seine Erlösung im Scheine feiert.[218]

Das begehrende und werbende Subjekt, wie der klagende Orpheus, lässt sich Nietzsche zufolge dann als Gegner der Kunst betrachten. Der richtige Künstler ist bereits vom individuellen Willen erlöst und reines Medium geworden. Indem Orpheus die Totenwelt betritt und dennoch wieder zur Lebenswelt zurückkehrt, vollzieht er die radikalste Verwandlung zwischen Leben und Tod, zwischen Sichtbarem und Unsichtbarem. Darauf gründet sich der paradoxe Imperativ im ersten Terzett: „Sei– und wisse zugleich des Nicht–Seins Bedingung". (V. 9) Die Verwandlung zwischen Anwesenheit und Abwesenheit des Subjekts wird dabei ausdrücklich postuliert. Das Preisen (V. 6) gilt als Folge des Bewusstseins für diese Verwandlung und geschieht durch den Gesang der Musen, deren Aufgabe darin besteht, das Wunder der Welt zu rühmen und die Weltoffenbarung somit in Gang zu setzen.

Ein anderer – positiver – Weg zum Offenen liegt hingegen im Vereinen von Subjekt und Objekt. So wird im Sonett I. 15 die Figur eines tanzenden Mäd-chens in die Gestalt einer Orange verwandelt:

1 Wartet ..., das schmeckt ... Schon ists auf der Flucht.
... Wenig Musik nur, ein Stampfen, ein Summen –:
Mädchen, ihr warmen, Mädchen, ihr stummen,
tanzt den Geschmack der erfahrenen Frucht!

2 Tanzt die Orange. Wer kann sie vergessen,
wie sie, ertrinkend in sich, sich wehrt
wider ihr Süßsein. Ihr habt sie besessen.
Sie hat sich köstlich zu euch bekehrt.

Das tanzende Mädchen hier spielt auf die früh gestorbene Tänzerin Wera Ouckama Knoop an. Das Motiv des Tods wird damit indirekt aufgegriffen. Leisi behauptet mit Recht, dass Wera für Rilke den Kore–Eurydike–Typus verkörpere.[219] Das Verb „tanzen" (V. 5) wird hier auch transitiv verwendet und ihm wird folglich eine performative Qualität zugeschrieben. Im Tanz wird der Geschmack der Frucht performativ dargestellt. (V. 4) Das Süßsein (V. 7) der Frucht wird in dem Tanz entfaltet. Tanzen statt Singen als Darstellungsform spielt an dieser Stelle gleichzeitig auf die Schwierigkeit des möglichen Verbalisierens an.

Die Reime zwischen „Flucht" (V. 1) und „Frucht" (V. 4) deuten die Vergänglichkeit des Geschmacks an. Im Tanz wird die ephemere Bewegung, also ein Zeitliches, in die Figur, in ein räumlich Schaubares übertragen.[220] Die erstaunliche Verwandlung in die Orange–Figur

218 Nietzsche: a. a. O., S. 71.
219 Vgl. Leisi: a. a. O., S. 103.
220 Vgl. Steiner: Anschauungsformen, S. 5.

vollzieht sich im Tanz: Tanzt die Orange. (V. 5) Die Periode steht im analogen apostrophischen Modus zum 9. Vers des Sonetts I. 2: „Sie schlief die Welt." Das Verb „tanzen" enthält eine vergleichbare transitive Funktion wie „schlafen" im Sonett I. 2: Die Orange-Figur wird durch den Tanz erzeugt. Das Weglassen des Subjekts (Mädchen) signalisiert seine radikalste Verwandlung ins Objekt (Orange).

Frucht und Tanz, die in der Wirklichkeit wohl als weit voneinander entfernte Dinge zu betrachten sind, stehen hier innerhalb der orphischen Welt in intimer Verwandtschaft. Die Gemeinsamkeit besteht in ihrem Für-sich-Sein. Eine Frucht gehört zum Offenen, zum In-der-Welt-Sein. Wenn die Tänzerin ihr Sein in den Tanz hineinwirft, vergisst sie sich selbst und realisiert so ihr Für-sich-Sein.[221] In Valérys Dialog *L'Ame et la Danse*, den Rilke übersetzt, hängt der Tanz mit einer Denkbewegung zusammen, die einen bewusstlosen Gedankenwirbel darstellt.[222] Die Tänzerin geht in die Bewegung selbst ein, bezeichnet sie als ihre „Zuflucht" („mon asile"), als ihren „Wirbelwind" („tourbillon").[223] Dabei handelt es sich um das ewige Werden und Vergehen im Tanz. Dieser Dialog prägt Rilkes poetologisches Denken gerade durch diese permanente Wandlung. Darüber hinaus hat der Tanz nach Valéry kein Ziel außer sich selbst:

> Der Tanz ist etwas ganz anderes. Zweifellos ist er ein System von Handlungen, aber von solchen, die ihr Ziel in sich selbst haben. Er geht nirgendshin. Wenn er etwas verfolgt, so ist es nur ein ideales Ziel, ein Zustand, eine Lust, ein Blumenphantom, oder irgendein Entzücken an sich selbst, ein Äußerstes an Leben, ein Gipfel, ein höchster Punkt des Daseins [...][224]

Dass Tanz „nirgendshin" geht, zeigt an, dass Tanz Dasein ist. Im Tanz richtet sich der Körper mit Haltung und Bewegung auf keine Einwirkung nach außen aus, sondern folgt nur seinen eigenen Zielen.[225] Das Ziel des Tanzes liegt in sich selbst und ist insofern gänzlich metaphysisch. Das prädikative Partizip „ertrinkend in sich" (V. 6) spielt auf den Grenzzustand zum Tod des Subjekts im Tanz an. Aber das Verschwinden des Subjekts erfolgt nicht aus einem Zurückdrängen, sondern aus dem Einswerden mit dem Objekt. Im Tanz ist nicht mehr zwischen tanzendem Tänzer und getanztem Tanz zu unterscheiden, nicht mehr zwischen Subjekt und Objekt zu differenzieren. Im ursprünglichen rituellen Tanz hatte der Tänzer sich im Wirbelwind mit seinem Gott vereinigt.[226] Da Tanz und Musik von Anfang an zusammengehören, sei der Tanzende erst dann in eine höhere Begegnung mit dem Sein der Dinge aufgehoben, wenn er zugleich seine Stimme erhebe.[227] Dabei wird das Sein nicht erdacht, sondern es erscheint unmittelbar und offenbart sich. Und es tritt nicht aus eigenmächtigem Wollen des Tänzers auf, „sondern aus dem Wunder des Vernehmens und

221 Vgl. Leisi: a. a. O., S. 103.

222 Rilke kennt Valérys sokratischen Dialog *L'Ame et la Danse* sehr gut. Er schreibt ihn im Januar 1922 für Merline ab. Vgl. Karin Wais: Studien zu Rilkes Valéry-Übertragungen. Tübingen: Niemeyer, 1967, S. 17.

223 Vgl. Pott: a. a. O., S. 376.

224 Valéry: Rede über die Dichtkunst, in: ders.: Zur Theorie der Dichtkunst, S. 11–32, hier S. 23.

225 Vgl. Otto: a. a. O., S. 77.

226 Vgl. Weidlé: a. a. O., S. 50.

227 Vgl. Otto: a. a. O., S. 77.

Empfangens“[228]. In diesem Zustand entsteht das richtige Offene, das im Sonetts II. 1 anhand von der Metapher des Atemaustausches behandelt wird.
Angesichts der Entstehungsgeschichte des Sonetts II. 1 lässt es sich als Resultat des Zyklus bzw. des zweiten Teils begreifen. Es kommt nach der Entsteh-ungsfolge als letztes der Sonette zustande, wird aber späterhin in der endgül-tigen Komposition zum Anfang des zweiten Teils vorgerückt. (Vgl. KA 2, 745)

1 Atmen, du unsichtbares Gedicht!
Immerfort um das eigne
Sein rein eingetauschter Weltraum. Gegengewicht,
in dem ich mich rhythmisch ereigne.

2 Einzige Welle, deren
allmähliches Meer ich bin;
sparsamstes du von allen möglichen Meeren, –
Raumgewinn.

3 Wie viele von diesen Stellen der Räume waren schon
innen in mir. Manche Winde
sind wie mein Sohn.

4 Erkennst du mich, Luft, du, voll noch einst meiniger Orte?
Du, einmal glatte Rinde,
Rundung und Blatt meiner Worte.

In der Pronominalstruktur des Gedichts wendet sich das Ich stets an ein Du, das am Beginn als „Atmen“ (V. 1) bestimmt wird. Die dialogisch-reflektive Struktur entwickelt sich in einer außergewöhnlichen Sonettform. Die Auflösung der Sonettform ist bereits auf der visuellen Ebene ersichtlich. Nur die grundsätzlichen Charaktere des Sonetts wie die 14-Zeiligkeit, die Aufteilung in Quartette und Terzette werden bewahrt. Vor allem fällt die ungesetzmäßige Verslänge auf: Der Wechsel zwischen langem und kurzem Satz löst die traditionelle Gestalt des Sonetts in hohem Maße auf. Darüber hinaus werden die Versfüße meistens verkürzt. Im 8. Vers bleibt sogar nur ein dreisilbiger Versfuß: „Raumgewinn“. Die Verwandlung der Form steht auch im gedanklichen Zusammenhang zur Symbolik des Sonetts: Atmen (V. 1), Welle (V. 4), Wind (V. 10) und Luft (V. 12), die alle eine unablässige Dynamik visualisieren.
Durch den zweimaligen Anruf am Beginn des Sonetts wird der Adressat „du“ zugleich als Atmen und Gedicht definiert. Damit wird das Atmen mit einem unsichtbaren Gedicht gleichgesetzt (V. 1). Atmen lässt sich vor allem als elementarer Lebensvollzug begreifen, dessen Wesen in seinem Unsichtbar-Sein und dem ständigen Austausch zwischen Welt

228 Otto: a. a. O., S. 78.

und Ich liegt.[229] Durch den Austausch wird eine wechselseitige Durchdringung von „eigenem Sein“ und „Weltraum“ (V. 3) hergestellt. In der dritten Zeile wird ein appositionelles Verhältnis zwischen „Weltraum“ und „Gegengewicht“ impliziert. Unter „Gegengewicht“ (V. 3) versteht man „gegen ein anderes Gewicht als Ausgleich wirkendes Gewicht“[230]. Das Präfix „Gegen-“ markiert ein gespanntes Wechselverhältnis zu einem anderen. Das zeigt aber vor allem an, dass ein Gegengewicht im Wesentlichen von einem anderen abhängig ist. Der folgende Lokalrelativsatz signalisiert auch, dass ein Gegengewicht ein dynamischer Raum ist, in dem das Subjekt sich selbst ereignet (V. 4). Die Verwendung des intransitiven Verbs „sich ereignen“ ist dabei bemerkenswert, weil sein Reflexivpronomen („mich“, V. 4) hier transitiv umgedeutet wird.[231] Entsprechend eignet das Ich sich selbst in diesem Prozess an. In einem Wechselverhältnis zum Weltraum konstituiert sich somit das lyrische Subjekt.

Der mit „eigenem Sein“ eingetauschte Weltraum steht in der Nähe von Rilkes bekannter Konzeption des ‚Weltinnenraum‘. Er ist kein Welt-Innenraum, sondern ein Weltinnen-Raum. Der Welt-Innenraum besagt, dass die Welt einen Innenraum sowie einen Außenraum hätte, während der Weltinnen-Raum suggeriert, dass nur ein dynamischer Raum in der Welt *ist* und in der Welt nichts anders als Raum besteht. Durch das darauffolgende Wort „Gegengewicht“, das das Wort „Weltraum“ erklärt, lässt folgendes Missverständnis beheben, dass dieser als „verinnerlichter Weltraum“, i. e. Welt-Innenraum zu verstehen wäre. Bei diesem Missverständnis läuft man Gefahr, die Rolle der Subjektivität in dem Weltinnenraum gegenüber Außenwelt zu übertreiben. Das Präfix „Gegen-“ in „Gegengewicht“ bezeichnet zwar zu Recht eine fortwährende Spannung zwischen zwei Seiten – innen und außen, aber in der Entstehung des Weltinnenraums verschwindet die Grenze zwischen ihnen; die Welt selber schwindet jedoch nicht.[232] Die Welt als Einheit dieses Gegensatzes, als ein Zwei-in-Einem meint also das „Gegengewicht“. Zusätzlich gibt es zwischen „Gegengewicht“ (V. 3) und „Gedicht“ (V. 1) noch einen Kreuzreim bzw. eine Assonanz, was eine Identität zwischen beiden suggeriert. Das Gedicht ist wie Weltraum ein „Gegengewicht“ (V. 3), das aber sichtbar ist und auf „Eintausch von lyrischem Eigensein gegen Weltraum“[233] verweist, indem die selbstständigen Bereiche zwischen Subjekt und Objekt aufgehoben werden. Die äußere Welt wird dabei nicht mehr als Gegenüber des Subjekts oder der inneren Welt betrachtet, sondern steht stets im Bezug zum Subjekt im gemeinsamen Rahmen des Weltinnenraums. Das Wesen des Atems liegt in der Offenheit zur Welt, in der die Grenze zwischen innen und außen über-wunden wird.

Erwähnenswert ist noch, dass „Gegengewicht“ auch als „Gegen-Gewicht“, als Widerstehen gegen die Schwerkraft begreifbar ist. Aufgrund der Identität mit dem Gegengewicht steht ein Gedicht auch im Bedeutungsfeld des „Gegen-Gewichts“. Hierdurch wird der Anspruch

229 Vgl. Seon-Ae Eom: Todesvertrautheit: Deutungen der Orpheus-Gestalt in Rilkes Dichtung. Frankfurt am Main [u.a.]: Lang, 1988, S. 43.

230 Siehe „Gegengewicht“, in: Renate Wahrig-Burfeind (Hrsg.): Deutsches Wörterbuch. 8., vollst. neu bearb. und aktualisierte Aufl. Gütersloh; München: Wissen-Media-Verl., 2006, S. 585.

231 Vgl. König u. Bremer (Hrsg.): a. a. O., S. 146.

232 Vgl. Allemann: a. a. O., S. 14.

233 Manfred Frank: Rilkes Orpheus, S. 189.

auf die künstlerische Befreiung von der unmittelbaren Beeinflussung durch den Rohstoff ins Auge gefasst. Im dritten Kapitel wird bereits auf Schillers Ansicht über die Freiheit des Künstlers hingewiesen. Die Freiheit des Künstlers besteht mit schlichten Worten darin, den Stoff durch die Form zu besiegen. Schiller setzt in *Kallias* den Sieg der Form über den Stoff mit dem Vogelflug gleich: „Ein Vogel im Flug ist die glücklichste Darstellung des durch die Form bezwungenen Stoffs, der durch die Kraft überwundenen Schwere."[234] In Rilkes freiem Umgang mit der Sonettform geht es dagegen nicht um die Herrschaft der Form über den Stoff, sondern um die Verwirklichung des Wechselverhältnisses zwischen beiden. Die Form soll nicht von dem Stoff belastet und der Stoff umgekehrt auch nicht arbiträr behandelt werden. Dabei handelt es sich um ein wesentliches Thema der *Sonette* – Leichtes und Schwere.

3 9 Fürchtet euch nicht zu leiden, die Schwere,
10 gebt sie zurück an der Erde Gewicht;
11 schwer sind die Berge, schwer sind die Meere.

4 12 Selbst die als Kinder ihr pflanztet, die Bäume,
13 wurden zu schwer längst; ihr trüget sie nicht.
14 Aber die Lüfte ... aber die Räume ...

(SaO I. 4)

In den zwei Terzetten wird das Verhältnis von Schwere und Leichtigkeit thematisiert, das im Kontext des Orpheus-Mythos steht. Nach Ovids *Metamorphose* werden vielerlei Bäume, Wild und Steine vom orphischen Gesang angelockt. Bei Orpheus' Tod klagen sie alle und sogar die Flüsse.[235] Vor diesem Hintergrund lässt sich aus diesem Sonett annehmen, dass die betreffenden „Berge" (V. 11) und „Meere" (V. 11) vom orphischen Gesang angelockt werden. Sie sind nur schwer für den Menschen (V. 11), aber ein Leichtes für den Gott. Das Verhältnis zwischen Leichtem und Schwere ist zunächst aus der poeto-logischen Perspektive zu begreifen. Dass die Berge, die Meere sich durch die Bezauberung der orphischen Musik bewegen, ist als eine Metapher für den göttlichen Umgang mit dem Stoff anzusehen. Die Spannung zwischen Form und Stoff löst sich bei dem Sänger Orpheus auf, der im Zyklus von Rilke vergöttlicht wird. Aber für die Menschen sind selbst die Bäume, mit denen sie von klein auf vertraut sind, schwer bzw. untragbar. Die menschliche Beschränktheit wird damit wiederum akzentuiert. Es stellt sich heraus, dass das Sonett I. 4 an den Kontext des Sonetts I. 3 anknüpft, indem dabei von der Differenz zwischen göttlichem und

234 Schiller: Sämtliche Werke, Bd. 5., S. 413f.

235 Vgl. Met., XI, V. 41–49:
[...]
töten die Frevlerinnen. Der Mund – o Juppiter! –, welchen
Steine erhörten und welchen die wilden Tiere verstanden,
hauchte die Seele aus, und die entschwand in die Winde.
Dich beweinten die Vögel voll Traurigkeit, Orpheus, die Schar der
Tiere, die starrenden Felsen, die Wälder, die oft deinen Liedern
folgten, sein Laub warf ab der Baum und klagte mit kahlem
Haupt. Man sagt, von den eigenen Tränen schwollen die Flüsse
an, und es trugen schwarz verbrämt ihr Gewand und die Haare
offen, so wird erzählt, die Najaden und Hamadryaden.

menschlichem Gesang die Rede ist. Das Verhältnis zwischen Leichtem und Schwere deutet hierdurch ferner die Beschränktheit des Menschen und das All-Können des Gottes an. Im letzten Vers werden die Lüfte und die Räume, die das Leichte verkörpern, als Möglichkeit für die Menschen eingeführt, um den vollkommenen Gesang zu verwirklichen. Was mit den zweifachen Auslassungspunkten (V. 14) verschwiegen wird, mag im Kontext des Sonetts I. 3 vermutet werden. Die Lüfte stehen im Zusammenhang zum Hauch, zum Wehen und zum Wind, die einen eingetauschten Raum mit dem Gott ermöglichen. Die Mehrzahl von „Lüfte" und „Räume" steht zuerst in Korrespondenz zum Personalpronomen „ihr" und signalisiert damit eine übersubjektive Perspektive. Im Sonett II. 1 wird das Verhältnis zwischen „Lüfte" und „Räume" weiter aufgegriffen und auf das Verhältnis zwischen Atem und Raum übertragen. Für das lyrische Subjekt schafft der Atem einen dichterischen Raum, in dem das Subjekt mit der Welt im Wechselverhältnis steht. Dabei wird das lyrische Ich zutreffend durch das Adjektiv „rhythmisch" gekennzeichnet (V. 4), das im Kontext der *Sonette* auf Bewegung bzw. Leichtes hindeutet. Es wird impliziert, dass das lyrische Subjekt im Weltinnenraum seine Schwere selbst überwindet.

Der Rhythmus bietet sich in Gestalt einer Welle im zweiten Quartett an. Das Meer, das aus Wellen besteht, steht scheinbar im Widerspruch zu der „[e]inzige[n] Welle" (V. 5). Nur unter der Berücksichtigung der Bewegung der einzigen Welle, die sich unaufhörlich im Raum ausbreitet, wird die konkrete Konnotation des betreffenden „Meer" (V. 6) erst verständlich. Es setzt sich aus der einzigen Welle zusammen und ist damit als ihr Bewegungsraum zu begreifen. Dadurch wird die Identität zwischen „Eins" und „Alles" angedeutet. Durch die Umstellung im Satz wird das Adjektiv „allmählich[~~es~~]" (V. 6) attributiv statt prädikativ appliziert. Demnach befindet sich das Meer stets in einem dynamischen Prozess. Das „bin" (V. 6) signalisiert sowohl die performative Qualität des Sprechakts als auch die Identität zwischen dem Ich und dem Meer. Damit wird das lyrische Subjekt mit dem dynamischen Raum gleichgesetzt. Das Motiv des ‚Weltinnenraums' wird hier offensichtlich weiter behandelt. Zum Verstehen des Verhältnisses von Subjekt und Welt im Weltinnenraum liefert Rilkes Erfahrung der kosmischen Einheit einen essenziellen Schlüssel:

> Nach und nach erwachte seine Aufmerksamkeit über einem niegekannten Gefühl: es war, als ob aus dem Innern des Baumes fast unmerkliche Schwingungen in ihn übergingen […] (Erlebnis I, KA 4, 666)

> […] da ein Vogelruf draußen und in seinem Innern übereinstimmend da war, indem er sich gewissermaßen an der Grenze des Körpers nicht brach, beides zu einem ununterbrochenen Raum zusammennahm, in welchem, geheimnisvoll geschützt, nur eine einzige Stelle reinsten, tiefsten Bewußtseins blieb. (Erlebnis II, KA 4, 668f.)

Im ersten Passus wird der physikalische Ausdruck „Schwingung" gebraucht, der sich auf eine pendelförmige oder kreisförmige Bewegung bezieht.[236] Durch die Schwingung werden Subjekt und Welt in einer gemeinsamen Bewegung verbunden. Der zweite Passus hebt den zusammengenommenen „ununterbrochenen Raum" vor, in dem das Subjekt und

236 Siehe „Schwingung", in: Hermann Paul: Deutsches Wörterbuch, S. 781.

der Vogelruf übereinstimmen. Das Wort „übereinstimmen" bringt eine musikalische Korrespondenz zwischen Subjekt und Welt zum Ausdruck. In dem Moment fühlte sich das Subjekt ins Offene geworfen und mit dem Ganzen verbunden. In der Verbindung sind zwei zu „Einem" geworden. In dem Weltinnenraum wird die Grenze zwischen Subjekt und Welt überwunden und daraus ergibt sich zuletzt „nur eine einzige Stelle reinsten, tiefsten Bewußtseins".

Mit dem Wechseln des Adressaten richtet sich das lyrische Ich im zweiten Quartett wiederum an ein „du", das an dieser Stelle auch als Meer bestimmt wird (V. 7). Durch die Verbindungsfunktion des Semikolons (V. 6) bildet sich eine dialogische Struktur im zweiten Quartett heraus. Indem „ich" auch als Meer bezeichnet wird, wird damit die Charakteristik des Selbstgesprächs ersichtlich. „Sparsam" bedeutet zumeist „wenig verbrauchend"[237]. Das Superlativattribut „sparsamst" (V. 7) knüpft an das Motiv der Singularität an, die im ersten Teil der Strophe aufgegriffen wird. Im Gegensatz zur Bedeutung des „sparsamst" ist der 7. Vers der längste, nämlich der „unsparsamste" Vers des zweiten Quartetts. Diese Zeile enthält die vollständigen 12 Silben nach der Regel des traditionellen Sonetts. Das bedeutet nichts anderes, als dass der sparsamste Raum den vollständigen Vers verwirklichen lässt. Damit kommt dem Adjektiv „sparsamst" eine positive Konnotation zu und es rückt mit Bezug auf die Leerung der Inhalte in die Nähe der Bedeutung des „reinst". Damit verkörpert das „du" den reinsten Bewegungsraum, der auf die Einheit von Subjekt und Welt verweist. Eine Ökonomie der Dichtung wird hiermit aufgestellt: Aus dem Sparsamsten wächst das Reinste bzw. das Reichste. Zu Ende des 7. Verses liegt ein Halbgedankenstrich vor, der normalerweise einen gedanklichen Sprung suggeriert. Anschließend steht ein dreisilbiges Wort „Raumgewinn" nackt und allein im 8. Vers. Damit wird ein Kontrast zwischen dem 7. und 8. Vers gebildet. Der bewusste erzeugte Leerraum um das Wort „Raumgewinn" hat eine analoge Funktion des Schweigens, nämlich als Evokationskraft. Da der Gewinn sich auch auf einen allmählichen Vorgang der Akkumulation bezieht[238], impliziert der Leerraum die sich entfaltenden Möglichkeiten der Räume, die in den folgenden Terzetten dargestellt werden.

Die zwei Terzette haben im Hinblick auf die Verslänge einen gleichartigen Rhythmus: Auf einen langen Vers folgen zwei kürzere Verse. Damit wird der Austausch zwischen dem Einatmen und dem Ausatmen assoziiert. Das erste Terzett artikuliert die Produktivität des Austausches zwischen Subjekt und Welt. Nur der 9. Vers endet in männlicher; die anderen zwei Verse 10–11 in weiblicher Kadenz. Männliche Kadenzen provozieren in der Regel eine längere Pause beim Zeilenumbruch. Inhaltlich wird das Adverb „schon" (V. 9) als zeitlicher Indikator unterstrichen. Das Tempus Präteritum, das durch „waren" (V. 9) verdeutlicht wird, weist auf den zurückgelegten zeitlichen Abstand zwischen Vergangenheit und Gegenwart hin. Der Abstand manifestiert sich auch im Raum und hat mit Bezug auf diesen sogar seine ursprüngliche Bedeutung. Zu beachten ist, dass im Raum keine Grenze, sondern nur Abstand besteht. Durch den zeitlichen und räumlichen Abstand wird der

237 Siehe „sparsam", in: Hermann Paul: Deutsches Wörterbuch, S. 817.
238 Vgl. König u. Bremer (Hrsg.): a. a. O., S. 150.

Austausch zwischen Subjekt und Welt ausgezeichnet. Viele Stellen der Räume waren ein Teil von mir. (V. 9–10) Die zeitlichen und räumlichen Dimensionen werden dabei verschränkt, indem das zeitliche Verhältnis zugleich innen und außen verbindend ist. In der zweiten Periode des 10. Verses rekurriert der Wind auf die „Stelle" (V. 9) und gehört mit der Symbolik „Atem" zusammen. Mit dem Wort „Sohn" (V. 11) wird aber die zukunftsbezogene Charakteristik der Winde angedeutet. Das sprechende Ich ist dagegen im Gedicht immer gegenwärtig situiert. Daraus ist anzunehmen, dass die Vergänglichkeit, die Gegenwart und die Zukunft in einem Raum koexistieren.

Die Winde, die an das Subjekt in der Vergangenheit angrenzen und auf künftige Zeitdimension verweisen, existieren mit dem Subjekt in der Gegenwart gleichzeitig im Raum. Die normalerweise auf die Vergänglichkeit des Subjekts verweisenden Winde gewinnen bei Rilke eine andauernde bzw. permanente Bedeutung. Der Wind weht über die Zeit und bindet das Vergangene an das Künftige. Das Motiv der Gleichzeitigkeit wird tatsächlich bereits im letzten Sonett des ersten Teils aufgegriffen. Ovids Charakterisierung von Orpheus' Tod („hauchte die Seele aus, und die entschwand in die Winde", Met., XI, V. 43) spielt mutmaßlich im Übergang vom Sonett I. 26 zum Sonett II. 1 eine Rolle.[239]

3 Schließlich zerschlugen sie dich, von der Rache gehetzt,
während dein Klang noch in Löwen und Felsen verweilte
und in den Bäumen und Vögeln. Dort singst du noch jetzt.

4 O du verlorener Gott! Du unendliche Spur!
Nur weil dich reißend zuletzt die Feindschaft verteilte,
sind wir die Hörenden jetzt und ein Mund der Natur.

Orpheus' Gesang verteilt sich im Wind und wird von uns weiter in die Zukunft überliefert. Unser gegenwärtiger Gesang folgt den göttlichen Spuren und stellt so eine Verbindung mit der Vergangenheit her. Daher sind im orphischen Gesang Vergangenheit, Gegenwart und Zukunft gleichzeitig existent. Allemann bezeichnet diese Gleichzeitigkeit als Fülle der Zeit: „In dieser Fülle der Zeit sind Zukunft und Vergangenheit zusammengenommen zu einem umfassenden Reichtum, der nicht zersplittert werden kann."[240] Mit der Konzeption der Gleichzeitigkeit überwindet der orphische Gesang die Vergänglichkeit.

Zurück zum Sonett II. 1: Im letzten Terzett richtet sich das sprechende Ich wiederum an das „du". Durch den alternierenden Wechsel des Adressaten konstituiert sich das ganze Sonett als (Selbst–)Gespräch. Aufgrund der Homogenität zwischen Atem und Luft knüpft die Konnotation des „du" (V. 12) an das „du" (V. 1) zum Beginn an, das mit einem unsichtbaren Gedicht identifiziert wird. In diesem Kontext wird der Weltinnenraum als lyrischer Raum präzisiert. Mit drei Zäsuren entstehen entsprechende Atemzüge, die den Rhythmus

239 Vgl. ebd., S. 146.
240 Allemann: a. a. O., S. 28.

der Verse mit Zwang verlangsamen.[241] Die Wörter „Luft" und „du" (V. 12), die durch naheliegende Kommas in der Zeile isoliert werden, bilden einen Hebungsprall und stehen damit auffällig im visuellen und akustischen Zentrum. Der zweifache Anruf an das „du" hebt ferner die Hinwendung an „du" hervor. Das Subjekt ist der zu erkennende Gegenstand des „du" geworden: „Erkennst du, mich, Luft, [...]" (V. 12) Die konventionelle binäre Subjekt-Objekt-Relation wird durch die reflexive Struktur aufgelockert. Da das „du" noch von meinen einmaligen Orten erfüllt ist, geht es in diesem Erkennen tatsächlich um die Erinnerung an die Vergangenheit. Zugleich richtet sich das „noch" in Verbindung mit dem „einst" (V. 12) auf die Zukunft aus.[242] Das Verhältnis vom „ich" zum „du", nämlich vom lyrischen Subjekt zum lyrischen Raum, ist mit dem Zusammenhang von der Welle zum Meer vergleichbar. Das Meer besteht aus Vergangenheit, Gegenwart und Zukunft der einzigen Welle.

Gegenüber der Zeitlichkeit ist der räumliche Zusammenhang im Sonett noch deutlicher. Es verläuft eine klare Verbindungslinie zwischen Raum (V. 3, V. 8, V. 9), Stelle (V. 9) und Ort (V. 12), die als Synonyme sich zugleich voneinander differenzieren. Wegen der Unendlichkeit ist der Raum dabei offensichtlich die übergeordnete Kategorie. Nach Kant wird der Raum als „eine unendliche *gegebene* Größe vorgestellt"[243]. Der Raum ist eine notwendige Bedingung *a priori*, die der Existenz von Stelle und Ort zugrunde liegt. Stelle und Ort sind beide ein Teil des Raumes. Das Nomen „Stelle" bindet sich zuerst ans Verb „stellen" zurück, das ursprünglich „etw. an einem bestimmten Platz unterbringen"[244] bedeutet. Die ursprüngliche Bedeutung vom Ort ist die Spitze eines Speeres oder Schwertes[245], die durch einen Punkt gekennzeichnet ist. Die analoge Gestaltung von „meiniger Orte" (V. 12) und „meiner Worte" (V. 14) verrät die poetologische Bedeutung von „Orte", die auch Stellen im Buch bedeuten.[246] In Rilkes Poetik ist die „Stelle" im Sinne von Kondensation zu lesen, die die Assoziation mit Rilkes anderen Gedichten einschließt.[247] Aus der poetologischen Perspektive weisen Orte und Stelle bei Rilke keinen spürbaren Unterschied auf. Die Differenzierung unter dem Raumbegriff zeigt aber Rilkes Sensibilität für die Raumfrage an. Der Raum in diesem Sonett ist im Grund als ein lyrischer Resonanzraum zu verstehen, der Subjekt und Welt verbindet bzw. vereint und eine höhere transzendente Gleichzeitigkeit ermöglicht. Raum und Zeit gelten als Bezug zwischen den Dingen. Mit der Offenheit des Raums durchweht der Wind zwischen innen und außen, zwischen Vergangenheit und

241 Die metrische Analyse zur 4. Strophe:
12 Erkennst du mich, Luft, du, voll noch einst meiniger Orte?
13 Du, einmal glatte Rinde,
14 Rundung und Blatt meiner Worte.
xXxx X X xXx XxxXx
XxxXxXx
XxxXxxXx

242 Vgl. König u. Bremer (Hrsg.): a. a. O., S. 151.

243 Immanuel Kant: Kritik der reinen Vernunft, in: ders.: Die drei Kritiken. Hrsg. von der Königlich Preußischen Akademie der Wissenschaften, Berlin 1902ff. Köln: Anaconda, 2015, S. 88.

244 Siehe „Stelle", in: Hermann Paul: Deutsches Wörterbuch, S. 847.

245 Siehe „Ort", in: Hermann Paul: Deutsches Wörterbuch, S. 633.

246 Vgl. ebd.

247 Zur Genese des Wortes „Stelle". Vgl. Christoph König: „O komm und geh": skeptische Lektüren der „Sonette an Orpheus" von Rilke. Göttingen: Wallstein, 2014, Kapitel 3.3.2., S. 94.

Zukunft.

Mit dem tänzerischen Rhythmus, der sich aus zwei Daktylen ergibt, wird die Verwandlung der Luft im zweiten Terzett geschildert: Die Luft war ein Baum, der durch „glatte Rinde“ sowie „Rundung und Blatt“ der Worte gekennzeichnet wird. (V. 13–14) Der Baum, dessen innere Bewegung durch das Aufsteigen und den Niederfall in die Zweige suggeriert werde, stehe beim späten Rilke für die dichterische Bewegung.[248] An der Verwandlung vom Baum zur Luft lässt sich eine Verwandlung vom Sichtbaren zum Unsichtbaren, vom Konkreten zum Abstrakten kennen. Das schließt an den Anspruch von Daphne im Sonett II. 12 an:

> 4 12 Jeder glückliche Raum ist Kind oder Enkel von Trennung,
> 13 den sie staunend durchgehn. Und die verwandelte Daphne
> 14 will, seit sie lorbeern fühlt, daß du dich wandelst in Wind.

Die Verwandlung ist bei Rilke als eine unaufhörliche Bewegung zu begreifen, die im Bild des Windes metaphorisch dargestellt wird. Daraus ist erkennbar, dass die Bewegung eine essenzielle poetische Konzeption für Rilke ist. Über die Bewegung zwischen Raum und Zeit schreibt Rilke im Rodin-Buch Folgendes:

> Indem ich das ausspreche (hören Sie?) entsteht eine Stille; die Stille, die um die Dinge ist. Alle Bewegung legt sich, wird Kontur, und aus vergangener und künftiger Zeit schließt sich ein Dauerndes: der Raum, die große Beruhigung der zu nichts gedrängten Dinge. (SW 5, 208)

Gerok-Reiter hat zutreffend darauf hingewiesen, dass „Rilkes Weltinnenraum ein Raum aus Zeit [ist].“[249] Indem die Bewegung die vergangene und künftige Zeit verbindet, ergibt sich der Raum, der von Rilke als das Dauernde statt des Vergänglichen gekennzeichnet wird. Diese spezielle Raum-Zeit-Korrelation prägt den ganzen Orpheus-Zyklus aus.

4.2 Mund und Schweigen

Dichten ist für Rilke immer eine Tätigkeit, die das innerlich Gehörte äußerlich in einem Abbild zur Darstellung bringt. In diesem Prozess findet eine Bewegung in zwei Richtungen statt. Das Ohr symbolisiert die Offenheit des Subjekts zur Welt; der Mund dagegen die Äußerung des innerlich Befindlichen. Daher verweist die Übereinstimmung von Ohr und Mund auf die Identität der Wahrnehmung und Darstellung, die als poetisches Ideal von Rilke konzipiert wird. Erst in einem Hör-Raum, der im Schweigen des Subjekts entsteht, treten die Dinge auf den Dichter zu und teilen ihm den Weltgehalt mit. Jedes Ding hat seine Sprache. Hören heißt somit ein Erfassen der Worte der Dinge:

> [...] die kleinsten Dinge kommen zu ihm und tun sich ihm auf; eine Kastanie, die wir finden, ein Stein, eine Muschel im Kies, alles spricht, als ob es in Wüsten gewesen wäre und nachgedacht und gefastet hätte. Und wir haben fast nichts zu tun als zu hören; denn die Arbeit selbst kommt aus diesem Hören, man muß sie herausheben

248 Vgl. Allemann: a. a. O., S. 16.
249 Gerok-Reiter: a. a. O., S. 263.

mit beiden Armen, denn sie ist schwer.[250]

Aber das Hören genügt nicht für ein vollkommenes dichterisches Schaffen. Der Dichter ist stets mit der Diskrepanz zwischen Wahrnehmung und Darstellung konfrontiert. Nach Benjamins Ansicht bezieht sich das Erfassen des Weltgehaltes des Dinges in sprachtheoretischer Hinsicht auf den Begriff der Offenbarung.[251] In diesem metaphysischen Begriff wird die Beschränktheit der menschlichen Sprache gegenüber der göttlichen Sprache subtil expliziert. Dieser Diskrepanz zwischen Wahrnehmung und Darstellung ist Rilke sich tief bewusst und wird im Sonett I. 13 thematisiert:

1 Voller Apfel, Birne und Banane,
Stachelbeere ... Alles dieses spricht
Tod und Leben in den Mund ... Ich ahne ...
Lest es einem Kind vom Angesicht,

2 wenn es sie erschmeckt. Dies kommt von weit.
Wird euch langsam namenlos im Munde?
Wo sonst Worte waren, fließen Funde,
aus dem Fruchtfleisch überrascht befreit.

3 Wagt zu sagen, was ihr Apfel nennt.
Diese Süße, die sich erst verdichtet,
um, im Schmecken leise aufgerichtet,

4 klar zu werden, wach und transparent,
doppeldeutig, sonnig, erdig, hiesig –:
O Erfahrung, Fühlung, Freude –, riesig!

Das Sonett I.13 ist die erste der drei aufeinanderfolgenden Hymnen auf die Frucht. Das Auffällige besteht zunächst in der Verwendung der Auslassungspunkte. Durch die ersten Auslassungspunkte (V. 2) wird die Unzählbarkeit der Früchte auf der quantitativen Ebene artikuliert. Das Indefinitpronomen „Alles“ (V. 2) kennzeichnet ferner die Qualität der Ganzheit und hebt somit die Partikularität einer bestimmten Frucht auf.[252] Die Sprachen der ganzen Früchte geben gleichzeitig Leben und Tod an (V. 2–3). Der Kasus des Akkusativs („in den Mund“, V. 3) markiert vor allem den Akt des Einnehmens von Früchten, der gleichsam im Sprechakt der Früchte das Hören unmittelbar zur Folge hat. Das Verb „ahnen“ (V. 3) bezieht sich auf ein undeutliches Vorgefühl im Prozess der Wahrnehmung. Die zweiten und dritten Auslassungspunkte (V. 3) unterstreichen somit die Unsagbarkeit der Wahrnehmung.

250 Brief an Arthur Holitscher (13.12.1905), in: Rainer Maria Rilke: Briefe 1, S. 118.

251 Walter Benjamin: Über die Sprache, in: ders.: Schriften 2. Hrsg. von Th. W. Adorno und Gretel Adorno unter Mitw. von Friedrich Podszus. Frankfurt a. M.: Suhrkamp, 1955, S. 401–419, hier S. 407.

252 Vgl. Krämer, S. 110.

Das Enjambement vom ersten zum zweiten Quartett verbindet die Vorah-nung und die Erfahrung des Schmeckens. Indem das Pronomen „es" (V. 5) sich an das „Kind" (V. 4) zurückbindet, ist das Kind zu einem Verknüpfungspunkt von Ahnung und Wahrnehmung geworden. Das Kind steht bei Rilke für die Reinheit und den Ursprung der Kunst. Es symbolisiert die Unwillkürlichkeit, „klar und ganz wie eine volle Stunde". (*Das Kind*, SW 1, 640) Der Zusammenhang zwischen Kind und Frucht wird in den Malte-Aufzeichnungen bereits ausgesprochen: „Früher wußte man (oder vielleicht man ahnte es), daß man den Tod in sich hatte wie die Frucht den Kern. Die Kinder hatten einen kleinen in sich und die Erwachsenen einen großen."(SW 6, 715) Der Tod versteckt sich im Menschen wie ein unsichtbarer Kern in der lebendigen Frucht. Zwar hat ein Kind nur einen kleinen Todeskern in sich, aber die Vollzähligkeit von Leben und Tod ist schon in seinem „Angesicht" (V. 4) anzusehen, wenn es eine Frucht „erschmeckt" (V. 5). Das Präfix „er–" ermöglicht eine inchoative Aktionsart und hebt damit den kreativen Aspekt im Schmecken hervor. Im Prozess des Schmeckens kommt „[d]ies" „von weit" (V. 5). Die Verwendung des Demonstrativpronomens „dies" ist an dieser Stelle auffallend, weil das Demonstrativpronomen sich auf kein bestimmtes Nomen und keinen bestimmten Satzteil bezieht. Indem das grammatikalische Subjekt im 6. Vers weggelassen wird, ist sein logisches Subjekt mit dem Pronomen „dies" zu identifizieren und deutet allgemein auf die äußere, „von weit" kommende Wahrnehmung hin, deren Inhalte aufgrund der Prädikation durch „namenlos" (V. 6) gewissermaßen offenbleiben. „[V]on weit" rekurriert nicht nur auf die räumliche Entfernung, sondern auch auf den zeitlichen Abstand zur kulturellen sowie poetischen Tradition.

Im Schmecken entfaltet sich allmählich („langsam", V. 6) die Sprache der Früchte. Die sichtbare Frucht verwandelt sich dabei ins unsichtbare Wort. Die zeitliche Implikation „langsam" (V. 6) kennzeichnet die Dauer der Verinnerlichung, in der die äußeren Wahrnehmungen in einen Teil des Inneren transformiert werden. Der Mund erfüllt zwei Funktionen: das Sprechen und das Schmecken.[253] Diese „Früchte im Mund" (auf der Zunge) sind auch „Wörter im Mund" (in der Sprache).[254] Rilkes eigenes Idiom „namenlos" (V. 6) impliziert zuerst die Auflösung des Fruchtfleisches und deutet im übertragenen Sinn noch die Befreiung (V. 8) des Weltgehalts aus dem Namen an, der bei der menschlichen Sprache den Worten so immanent wie der Fruchtfleisch den Früchten ist. Der „Name" im Wort „namenlos" (V. 7) wird in der Wahrneh-mung als Fixierung bzw. Beschränkung empfunden und bindet sich an die überlieferte poetische Tradition „von weit" (V. 5) zurück. Mit dem Hinweis auf den Namen tritt die Sprachfunktion des Mundes in den Vordergrund.

In den Versen 7–8 geht es um das Verhältnis zwischen der Fülle der Welt und der Dürre des Namens.[255] Es besteht eine doppelte Spannung zwischen den Worten (V. 7) und den Funden (V. 7). Zunächst liegt die Spannung zwischen Statik und Bewegung vor. Die Worte werden als statisch („waren", V. 7) beschrieben, während die Funde als bewegt („fließen", V. 7) benannt werden. Das Attribut „überrascht" (V. 8) kennzeichnet das Staunen über die Erschließung des Fundes, die als Befreiung aus dem statischen Wort, d. i. dem Namen

253 Vgl. König u. Bremer (Hrsg.): a. a. O., S. 77.

254 Vgl. ebd., S. 78.

255 Vgl. Krämer: a. a. O., S. 111.

begriffen wird. Die fließenden Funde (V. 7) stehen für die dynamische Welt, aber auch für das Potenzial der Worte.[256] Hierdurch wird an der Grenze der Sprache gestoßen: Sie vermag die lebendige, bewegende Welt häufig nur in statischen, geschlossenen Worten zu erfassen. Der Zusammenhang zwischen Namen und Fleisch lässt sich unter Berufung auf *Neues Testament* begründen. In Johannes 1,14 heißt es: „Und das Wort ward Fleisch und wohnte unter uns".[257] Also wurde das göttliche Wort mittels seiner Verwandlung zum Namen Fleisch, was bedeutet auch, dass die ursprüngliche Fülle und Lebendigkeit des Wortes eingeschränkt bzw. beeinträchtigt wurden. Hamann sagt dazu:

> Alles, was der Mensch am Anfang hörte, mit Augen sah, beschaute und seine Hände betasteten, war lebendiges Wort; denn Gott war das Wort. Mit diesem Worte im Mund und im Herzen war der Ursprung der Sprache so natürlich, so nahe und leicht, wie ein Kinderspiel; […][258]

In diesem Kontext bezieht sich das „Kind" auf die ursprüngliche Reinheit der Sprache. Ein Kind muss die Benennung lernen. Damit leitet die Reflexion über die Darstellung zur Benennung im ersten Terzett über. Der Imperativ mit dem Verb „wagen" (V. 9) markiert zwar einen expliziten performativen Sprechakt, deutet aber auch die Angst vor dem Benennen ausdrücklich an. Semiotisch betrachtet geht es hier um unser Bewusstsein der Diskrepanz zwischen Signifikat und Signifikanten. Das Signifikat entzieht sich dem Signifikanten ständig und gewährt keinen unmittelbaren Zugang zu seinem vollständigen In-halt, der folglich auch nicht als ursprüngliches Signifikat erscheinen kann.[259] Diese Angst vor dem Benennen hat allerdings eine noch größere metaphysische Tragweite. Das Nomen „Apfel" (V. 9) gibt einen Hinweis auf das verlorene Eden im *Alten Testament*. Der 9. Vers impliziert, dass „Apfel" nicht der wirkliche Name des Apfels ist. Im Aufsatz *Über die Sprache* hat Benjamin darauf hingewiesen, dass das menschliche Wort nichts anderes als der Name der Dinge sei und von Gottes schaffendem Wort grundsätzlich zu unterscheiden sei.[260] Mit dem Wort schafft Gott alle Dinge außer den Menschen im Universum: „Gott sprach: Es werde Licht. Und es wurde Licht. […] und Gott nannte das Licht Tag und die Finsternis nannte er Nacht. Es wurde Abend und es wurde Morgen: erster Tag." (Gen 1.3, 1.5)[261] Die

256 Das „Funde" (V. 7) ist mit „hort" von Stefan George zu vergleichen. Bei ihm wird „hort" gebraucht, das auch im Sinne von „Funde" steht, um das Potenzial der Worte anzudeuten.
„Ich forschte bleichen eifers nach dem horte:
Nach strofen drinnen tiefste kümmernis
Und dinge rollten dumpf und ungewiss –
Da trat ein nackter engel durch die pforte:
[…]"
Zitiert nach: Stefan George: Der Besuch, in: ders.: Werke. Ausgabe in zwei Bänden. Bd. 1. Stuttgart: Klett-Cotta, 1984, S. 172.

257 Zitiert nach Martin Luther: Die Bibel: Lutherbibel revidiert 2017. Stuttgart: Deutsche Bibelgesellschaft, 2016, URL: https://www.die-bibel.de/bibeln/online-bibeln/lesen/LU17/JHN.1/Johannes-1 [abgerufen am 3.1.2022]

258 Johann Georg Hamann: Sämtliche Werke 3. Schriften über Sprache, Mysterien, Vernunft; 1772–1788. Wien: Herder, 1951, S. 32.

259 Vgl. Endreva: a. a. O., S. 150.

260 Vgl. Benjamin: a. a. O., S. 413.

261 Die Bibel: Einheitsübersetzung der Heiligen Schrift; Gesamtausgabe; Psalmen und Neues Testament ökumenischer Text. Hrsg. im Auftr. der Bischöfe Deutschlands, Österreichs, Schweiz, des Bischofs von Luxemburg, des Bischofs von Lüttich, des Bischofs von Brixen. Für die

göttliche Sprache sei also das Schaffende und das Vollendende, Wort und Name gleichzeitig.[262] Mit dem Einblasen des Odems verleiht Gott dem Menschen Geist und Sprache. Dadurch wird der Mensch befähigt, die Dinge zu benennen. Benennen bedeutet tatsächlich Erkennen des göttlichen Wortes im Dinge. In Eden war die Sprache des Menschen noch die vollkommen erkennende, weil dort der Name mit dem Wort identisch war. In Genesis 2, 19 wird geschildert: Wie der Mensch die Dinge benannte, so sollten sie heißen:

> Gott, der Herr, formte aus dem Ackerboden alle Tiere des Feldes und alle Vögel des Himmels und führte sie dem Menschen zu, um zu sehen, wie er sie benennen würde. Und wie der Mensch jedes lebendige Wesen benannte, so sollte es heißen.[263]

Nachdem der Mensch aus dem Paradies vertrieben wurde, lebt das Wort nicht mehr unversehrt in der menschlichen Sprache. Dieser Diskrepanz zwischen dem menschlichen Namen und dem göttlichen Wort ist Rilke sich zutiefst bewusst. Er schreibt an Ilse Jahr am 22. Februar 1923:

> Das Faßliche entgeht, verwandelt sich, statt des Besitzes erlernt man den Bezug, und es entsteht eine Namenlosigkeit, die wieder bei Gott beginnen muß, um vollkommen und ohne Ausrede zu sein. Das Gefühlserlebnis tritt zurück hinter einer unendlichen Lust zu allem Fühlbaren [...][264]

An dieser Stelle bezieht sich die Namenlosigkeit auf das Zurückgreifen auf den Ursprung – das göttliche Wort. Die Suche nach der „Identität des schaffenden Wortes und des erkennenden Namens in Gott“[265] wird von Benjamin als ewige Traurigkeit des Menschen bezeichnet:

> Alle menschliche Sprache ist nur Reflex des Wortes im Namen. Der Name erreicht so wenig das Wort wie die Erkenntnis die Schaffung. Die Unendlichkeit aller menschlichen Sprache bleibt immer eingeschränkten und analytischen Wesens im Vergleich mit der absoluten uneingeschränkten und schaffenden Unendlichkeit des Gotteswortes.[266]

Die Unendlichkeit des Gotteswortes ist bei Rilke mit fließenden Funden zu vergleichen, die in literaturgeschichtlicher Hinsicht mit der Unerschöpflichkeit konnotiert werden. Angesichts der Kluft zwischen Namen und Wort wird der Anlauf zum Nennen durch das Verb „wagen“ (V. 9) signalisiert. Trotz der Diskrepanz muss der Mensch den Mut aufbringen, die Dinge zu nennen. (V. 9) Mit der Angabe eines anderen Namens „Süße[s]“, der sich auf ein Wesentliches des Apfels bezieht, wendet sich das Sonett ab den 10. Vers an ein neuartiges Nennen. Das im Wort „verdichtet“ (V. 10) implizierte *Dichten* assoziiert das

Psalmen und das Neue Testament auch im Auftr. des Rates der Evangelischen Kirche in Deutschland und der Deutschen Bibelgesellschaft. Stuttgart: Kath. Bibelanst.; Stuttgart: Dt. Bibelges.; Klosterneuburg: Österr. Kath. Bibelwerk, 1999, S. 17.

262 Vgl. Benjamin: a. a. O., S. 410.

263 Die Bibel, S. 18.

264 Brief an Ilse Jahr (22.2.1923), in: Rainer Maria Rilke: Briefe 2, S. 292.

265 Benjamin: a. a. O., S. 413.

266 Ebd., S. 411.

Schmecken (V. 11) mit einem Dichtprozess. Die Süße verdichtet bzw. kondensiert sich im Schmecken (V. 10) und ist lebendig geworden, was durch den Akt des „Aufrichtens" (V. 11) suggeriert wird. Dabei lässt sich eine Figur der Tänzerin ausmachen. An dieser Stelle wird an die in eine Orange verwandelte Tänzerin im Sonett I. 15 erinnert:

2 5 Tanzt die Orange. Wer kann sie vergessen,
6 wie sie, ertrinkend in sich, sich wehrt
7 wider ihr Süßsein. Ihr habt sie besessen.
8 Sie hat sich köstlich zu euch bekehrt.

Durch den Vergleich mit dieser Strophe gewinnt das „Verdichten" (V. 10) eine neue Bedeutungsdimension: sich auf sich selbst konzentrieren. Die Konzentration auf sich selbst zeigt die Zwecklosigkeit und den Zustand des Für-sich-Seins an. Durch die Konzentrierung erhält die Süße eine lebendige Gestaltung („aufgerichtet", V. 11). Das neue Nennen schränkt die Süße nicht auf ein statisches geschlossenes Wort ein, sondern veranlasst sie, sich in eine dynamische Figur zu verwandeln. „Leise" (V. 11) bezieht sich auf das notwendige Schweigen in diesem Verdichtens- und Dichtprozess. Der Zusammenhang zwischen Schweigen und Verdichten wird im Sonett I. 7 behandelt:

1 1 Rühmen, das ists! Ein zum Rühmen Bestellter,
2 ging er hervor wie das Erz aus des Steins
3 Schweigen. Sein Herz, o vergängliche Kelter
4 eines den Menschen unendlichen Weins.

Das Erz (V. 2) geht aus dem Verdichten des Steins hervor und steht für seine endgültige Kristallisation (V. 2–3). Der Vorgang des Verdichtens ähnelt dem Schweigen, das sich zunächst als Abwesenheit der Töne versteht. Die Verbindung zwischen Stein (V. 2) und Schweigen (V. 3) wird in der Strophe besonders durch die Alliteration und die durch den Genetiv angezeigte Possessivstruktur („des Steins Schweigen", V. 2–3) unterstrichen. Dabei deutet das Schweigen auf die Bereinigung bzw. Sublimierung der Stoffe hin. Mit Bezug auf den Entstehungsvorgang des Erzes wird das Schweigen schließlich mit der Kondensation bzw. der Verdichtung und Dauer auf eine subtile Weise konnotiert. Eine nähere Betrachtung dazu findet man im Folgenden. Die Existenz der Zeit wird im Prozess des Schweigens auffällig, d. i. als kondensiert und ausdauernd empfunden. Die Zeit der Subjektivität und die Zeit des Seins fallen dabei zusammen. Um das endgültige Erz zu erreichen, das sich als dichterische Produktion begreifen lässt, ist das Schweigen genau wie der Prozess des Schmeckens nicht willkürlich ausdehnbar noch einschrumpfbar.

Im ersten Terzett des Sonetts I. 13 tanzt der wahrgenommene Geschmack der Frucht leise auf der Zunge und wandelt sich allmählich zum Klaren, Wachen und Transparenten (V. 11–12). Zum Bedeutungsfeld der Durchsichtigkeit gehören die Adjektive „klar" und „transparent"; „wach" akzentuiert den lebendigen Aspekt der Figur. Das Enjambement vom ersten zum zweiten Terzett verbindet die Bewegung und ihre Wirkung zu einer logischen Einheit: Durchsichtigkeit und Lebendigkeit gehen aus der Bewegung des Aufrichtens hervor. Die Durchsichtigkeit (V. 12) markiert die Aufhebung der Differenzierung zwischen innen und außen, während die Doppeldeutigkeit (V. 13) sich auf die Aufhebung zweier Seiten in Einem bezieht. Mit Bezug auf Rilkes Konzeption ‚Vollzähligkeit' gehören Durchsichtigkeit und Doppeldeutigkeit zusammen und beziehen sich auf die Koexistenz des Namens und Wortes sowie die Verbindung von Erde („erdig", „hiesig", V. 13) und Himmel („sonnig", V. 14). An dieser Stelle veranlasst der Halbgedankenstrich (V. 13) einen gedanklichen Sprung; das Kolon (V. 13) leitet eine endgültige Erklärung und Zusammenfassung ein. Mit dem Ausruf „O" wird die Ausrichtung auf Gott ausdrücklich artikuliert. Das Adjektiv „riesig" (V. 14) bezieht sich nicht auf die Quantität im Sinn der additiven Unendlichkeit, sondern auf eine gänzliche Größe in ihrer räumlichen Gestalt.[267] Damit wird eine Möglichkeit für die Menschen angedeutet, dass die „Erfahrung, Fühlung und Freude" (V. 14) trotz ihrer Größe als eine Einheit erfasst werden. Dieser Vorsatz schließt sich an den im „wagen" angezeigten Mut an und wird auch durch die helle Stimmung verstärkt, die mittels der Reihe der Adjektive „klar", „wach", „transparent" und „sonnig" artikuliert wird. Es ist einleuchtend, dass die Versöhnungsmöglichkeit der Diskrepanz zwischen Namen und Wort von Rilke in einer bewegenden Figur (lat. *figura*) gesetzt wird, die zur Essenz von Rilkes späterer Poetik zählt. Nur in der Bewegung ist es möglich, die bewegliche Fülle des Gottes zu erfassen. Abgeleitet von *fingere* (bilden, gestalten) steht *figura* zunächst für die äußere Gestalt eines Körpers und im weiteren Sinne für ein plastisches Gebilde sowie darüber hinaus für die allgemeine Bezeichnung der Kontur.[268] Die Beweglichkeit gehört aber schon zum Wesenszug des Begriffs *figura* (im Gegensatz zu *forma*). Die etymologische Herkunft von *figura* i. e. *fingere* drückt „eher die Tätigkeit des Bildens als ihr Ergebnis"[269] aus. Der Begriff der ‚Figur' bezeichnet vor allem die Verräumlichung eines zeitlichen Geschehens: eine Bewegung.[270] Daher steht sie stets für „etwas Lebend-Bewegtes, Unvollendetes, Spielendes".[271] Allemann hat in *Zeit und Figur beim späten Rilke* darauf pointiert hingewiesen, dass die Figur nur aus temporalen Bezügen verstanden werden kann: „Sie mag noch beim mittleren Rilke als Statue im zeitentrückten Sinn gemeint sein, ihr dichterischer Sinn, wie er im Orpheus-Sonett erscheint, kann erst aus ihrer Spannung in die Dimensionen der Zeit erläutert werden."[272] In der nachfolgenden Analyse wird angezeigt, inwiefern die zeitliche Dimension ein wichtiger Aspekt der Figur ist, und wie die Figur für die Verwirklichung der Identität von Namen und Wort entscheidend ist. In den *Sonetten* tritt die Figur erstmals unmittelbar im Sonett I. 12 vor der gerade analysierten Frucht-Hymne in Erscheinung:

267 Vgl. Krämer: a. a. O., S. 112.

268 Vgl. Gabriele Brandstetter (Hrsg.): De figura: Rhetorik, Bewegung, Gestalt. München: Fink, 2002, S. 8f.

269 Erich Auerbach: „Figura", in: ders.: Gesammelte Aufsätze zur romanischen Philologie. Hrsg. durch Gustav Konrad. Bern: Francke, 1967, S. 55–92.

270 Vgl. Kai van Eikels: „Die erste Figur: Zum Verhältnis von Bewegung und Zeit", in: Brandstetter (Hrsg.): De figura, S. 33–50, hier S. 33.

271 Auerbach: a. a. O., S. 55.

272 Allemann: a. a. O., S. 10.

1 Heil dem Geist, der uns verbinden mag;
denn wir leben wahrhaft in Figuren.
Und mit kleinen Schritten gehn die Uhren
neben unserm eigentlichen Tag.

2 Ohne unsern wahren Platz zu kennen,
handeln wir aus wirklichem Bezug.
Die Antennen fühlen die Antennen,
und die leere Ferne trug ...

3 Reine Spannung. O Musik der Kräfte!
Ist nicht durch die läßlichen Geschäfte
jede Störung von dir abgelenkt?

4 Selbst wenn sich der Bauer sorgt und handelt,
wo die Saat in Sommer sich verwandelt,
reicht er niemals hin. Die Erde schenkt.

Zu Beginn des ersten Quartetts wird der Geist durch einen Heilsgruß gerühmt. Damit nimmt Rilke Bezug auf die Tradition der Anrufung und Rühmung des Heiligen Geistes in den Prologen christlicher Literatur.[273] Folglich steht das erste Quartett im Kontext des Christentums. In diesem Kontext klingt der zweite Vers nach einer Transformation der christlichen Hymne, die gewöhnlich lautet: Denn wir leben wahrhaft im Glauben. Der Zusammenhang zwischen Glauben und Figuren wird bereits im letzten Sonett angedeutet:

4 Auch die sternische Verbindung trügt.
Doch uns freue eine Weile nun,
der Figur zu glauben. Das genügt.

(SaO I. 11)

In Wirklichkeit liegt die „sternische Verbindung" nur in unserem Glauben vor. Nur in unserer Einbildung sind bestimmte Sterne zu einer fixierten Gestalt verbunden. Das Sternzeichen verkörpert die Synthesis von Dynamik und Statik, weil die Sterne sich einerseits in ewiger Bewegung befinden und andererseits als ein statisches Bild darstellen. Das ist auch das Wesen der Figur. Nur eine Weile zu glauben, dass die Figur das ewige Werden erfasst, ist genug. Es wird impliziert, dass die Wahrhaftigkeit der Figur von dem Glauben abhängt. In diesem Sinne ist das Leben in Figuren tatsächlich ein Leben im Glauben.

Zum Sonett I. 12 zurück: Das Modalverb „mag" (V. 1) drückt vor allem eine objektive Wahrscheinlichkeit, aber auch eine subjektive Unsicherheit aus, die sich an den skeptischen Ton des letzten Sonetts (SaO I. 11) anschließt. Das Wort „mag" kennzeichnet die Verbindungsfähigkeit des Geistes als möglich, nicht als absolut. Damit wird das Verständnis des

273 Vgl. König u. Bremer (Hrsg.): a. a. O., S. 72.

„Geist[es]" (V. 1) ein wenig aus dem christlichen, insbesondere katholischen Kontext heraus gelöst, weil jener als die dritte Trinitätsperson die Verbindung zwischen den im Glauben vereinten Menschen unbedingt errichten sollte. Die Vermutung über die Funktion des Geistes wird in diesem Gedicht durch einen konstatierenden Aussagesatz begründet: Denn wir leben wahrhaft in Figuren. (V. 2) Das Adverb „wahrhaft" lässt sich als Wesensbestimmung des „leben" lesen. Die Verbindung wird dabei als Voraussetzung des wahrhaften Lebens gedacht und zeichnet die Figuren aus.

Im Anschluss an das „wahrhafte Leben" beschäftigen sich die nächsten zwei Verse mit dem „eigentlichen Tag" (V. 4).[274] Die zwei Verse stehen zunächst noch in der Tradition einer Parodie auf die christliche Literatur. Der Tag bezeichnet die Zeit von Morgen zu Morgen oder Abend zu Abend und steht in der hebräischen Bibel als Grundeinheit für die Zeit.[275] Im Christentum werden zwei Arten von Zeit unterschieden, von denen die eine zu unserem vergänglichen Leben gehört, während die andere die eigentliche Zeit ist, nämlich die erfüllte Zeit von Gott.[276] Somit wird das Verhältnis zwischen Vergänglichkeit und Ewigkeit in den zwei Versen als Hintergrund einbezogen. Die kleinen Schritte (V. 3) beziehen sich auf die Bewegung des Sekundenzeigers und suggerieren damit das Vergehen der Zeit. Aber unser eigentlicher Tag (V. 4) ist anders als die teilbare Chronometer-Zeit. Durch das umarmende Reimschema hängen „Figuren" (V. 2) und „Uhren" (V. 3) zusammen. Allerdings geht es dazwischen vielmehr um einen Kontrast. Die eigentliche Zeit, die von der mit Uhren zu messenden Zeit zu unterscheiden ist, wird der Figur zugeschrieben.

In der vorhergehenden Analyse über den ‚Weltinnenraum' wird die Konzeption der ‚Gleichzeitigkeit' bereits behandelt, in der Vergangenheit, Gegenwart und Zukunft zu einer Einheit zusammengefügt sind. Nach Allemann gibt es überhaupt zwei Zeitbegriffe bei Rilke: 1. einen negativen, der sich aus der Erfahrung der schlechten Vergänglichkeit ergibt; 2. einen positiven, der die Fülle der Zeit, die höhere Gleichzeitigkeit meint.[277] Rilkes zweiter Zeitbegriff ist Bergsons *durée* (Dauer) sehr nah. Rilke lieh sich im Dezember 1913 „zwei Bände Bergson" im französischen Original von Lou Andreas-Salomé: „Matiere et memoire" aus dem Jahr 1896 in der achten Auflage von 1912 und „Levolution creatice" aus dem Jahr 1907 in der elften Auflage von 1912.[278] Am 13. Juni 1914 schrieb er an Marie Taxis: „Ich lese Bergson und freue mich, daß ich seitenlang mitkomme, es ist schon etwas in diesem Geiste, was wir alle brauchen können und worauf wir eigentlich ganz dringend vorbereitet sind."[279]

274 Das Adjektiv „eigentlich" (V. 4) lässt sich auch in der Bedeutung von „wahrhaft" verstehen. Siehe „eigentlich", in: Hermann Paul: Deutsches Wörterbuch, S. 199.

275 Vgl. Jörg Lanckau: Tag/Tageszeiten (AT), in: Das wissenschaftliche Bibellexikon im Internet, URL: https://www.bibelwissenschaft.de/wibilex/das-bibellexikon/lexikon/sachwort/anzeigen/details/tag-tageszeiten-at/ch/9cf2e7f66aecdeca04f3a2b3b37b56c5/ (abgerufen am 9.1.2022)

276 Die Verse in Psalm 31.15-16 lauten: „Ich aber, Herr, hoffe auf dich und spreche: Du bist mein Gott! Meine Zeit steht in deinen Händen. [...]" Zitiert nach Martin Luther: Die Bibel: Lutherbibel revidiert 2017, URL: https://www.die-bibel.de/bibeln/online-bibeln/lesen/LU17/PSA.31/Psalm-31 [abgerufen am 9.1.2022]

277 Vgl. Allemann: a. a. O., S. 25.

278 Vgl. Schuster: a. a. O., S. 197.

279 Rainer Maria Rilke: Marie von Thurn und Taxis: Briefwechsel. Hrsg. von Ernst Zinn. Zürich: Niehans & Rokitansky, 1951, S. 383.

Unter *durée* versteht Bergson das übergreifende begriffliche Konzept, das das „immerwährende Fließen der Dinge"[280] zu erfassen vermag. Die reine Zeitdauer, ist ein kontinuierliches Fortschreiten der Vergangenheit, die an der Zukunft nagt und im Vorrücken anschwillt.[281] Das reale Ganze ist eine unteilbare Kontinuität der Veränderung. In der *durée* findet Rilkes Konzeption des ‚Rhythmus' ihr Äquivalent, die ebenfalls kontinuierliche Veränderungen darstellt. Rilkes ‚Figur' als dichterische Konstruktion ist stets ein Bemühen, die kontinuierliche, unteilbare Bewegung zu erfassen.[282] Die Zeit in der Figur ist *durée* (Dauer). Dabei verläuft die Gleichzeitigkeit, in der Vergangenheit, Gegenwart und Zukunft gegenwärtig sind. Kein anderes als der Augenblick kann diese Gleichzeitigkeit besser darstellen. In diesem Sinne klingen die letzten zwei Verse des Sonetts II. 11 nicht mehr resignativ: „Doch uns freue eine Weile nun, / der Figur zu glauben. Das genügt." „Der Augenblick ist Ewigkeit", heißt es in Goethes Gedicht *Vermächtniß*.[283] Das Verhältnis zwischen Augenblick und Dauer wird in der nachfolgenden Interpretation des Sonetts II. 28 weiter analysiert.

Im zweiten Quartett wechselt die Dimension der Darstellung von der Zeit zum Raum. Gleichzeitigkeit ist nur der zeitliche Aspekt der Verbindung. Der wirkliche Bezug enthält noch einen räumlichen Aspekt. Der durch „ohne ... zu" konstruierte Modalsatz (V. 5–6) artikuliert vor allem einen fehlenden Begleitumstand zum Hauptsatz. Damit wird suggeriert, dass die fehlende Erkenntnis über unseren wahren Platz keinen Einfluss auf die Haupthandlung ausübt, d. i. aus wirklichem Bezug zu handeln. (V. 6) Die Alliteration zwischen „wahrhaft" (V. 2), „wahr" (V. 5) und „wirklich" (V. 6) fällt besonders auf. Die drei Wörter gehören zusammen und beziehen sich auf etwas Ursprüngliches, Vertrauens-wertes.[284] Daher bindet das Attribut „wahr" vom „Platz" (V. 5) wieder an die Wahrhaftigkeit der Figur zurück. Der Platz bedeutet zunächst den (Markt-)Platz in einer Stadt oder die Verbreiterung einer Straße.[285] Er bezeichnet überhaupt die Öffnung in einer Versammlung. Dabei besteht stets ein Kommunikationszusammenhang von innen und außen.[286] Daraus ergibt sich der wirkliche Bezug. Demgegenüber pflegt man sich darauf einzuschränken, vom fließenden Kontext nur den statischen Moment aufzunehmen. Bergson vertritt die folgende Ansicht dazu:

> Dem, der sich ins Werden versetzt, erscheint die Dauer wie das Leben der Dinge selbst, wie die fundamentale Wirklichkeit. Die Formen, die der Geist isoliert und in Begriffen speichert, sind dann nur festgehaltene Anblicke der sich wandelnden

280 Henri Bergson: Philosophie der Dauer. Textauswahl von Gilles Deleuze; aus dem Französischen übersetzt von Margarethe Drewsen. Hamburg: Felix Meiner Verlag, 2013, S. 152.

281 Bergson: a. a. O., S. 59.

282 Schuster meint, dass Rilkes Figur-Begriff das wahrnehmungspsychologische Konzept der „Gestalt" in ein phänomenologisches Dispositiv übersetzt, das auf die Wahrnehmung des Ephemeren und Amorphen zielt. Diese Ansicht vernachlässigt die ursprüngliche Bedeutung von Figur, die im Wesentlichen eine Bewegung ausdrückt. Vgl. Schuster: a. a. O., S. 212.

283 Johann Wolfgang von Goethe: Vermächtniß, in: Goethes Werke: Vollständige Ausgabe letzter Hand. Bd. 22. Stuttgart: J. G. Cotta, 1829, S. 261–262.

284 „Wahrhaft" ist aus dem Wort „wahr" gebildet. Die ursprüngliche Bedeutung des „wahr" ist „vertrauenswert". Siehe „wahrhaft", in: Hermann Paul: Deutsches Wörterbuch, S. 1017.

285 Siehe „Platz", in: Hermann Paul: Deutsches Wörterbuch, S. 656.

286 Hinweis von Prof. Dr. Roland Reuß im Seminar ‚Franz Kafka, *Der Verschollene*' (21/22 WS).

Wirklichkeit.[287]

Das Wichtige ist nicht, das wandelnde Ganze zu Punkten zu isolieren, sondern gerade das Gegenteil, nämlich in der Bewegung stets aus wirklichem Bezug zu handeln. Das Adjektiv „wirklich“ (V. 6) wird ursprünglich von den Mystikern in der Bedeutung „tätig, handelnd“ verwendet.[288] Daher stimmen „handeln“ und „wirklich“ in einer praxisbezogenen Ebene überein. Später wird das „wirklich“ als Gegensatz zu bloß Gedachtem oder Scheinbarem zugespitzt und bedeutet „real, tatsächlich“.[289] Das Verb „handeln“ steht an dieser Stelle in der intransitiven Bedeutung von „verfahren“. Im Hinblick auf die analoge Satzkonstruktion bildet der 6. Vers einen Kontrast zum 2. Vers:

V. 2: denn wir leben wahrhaft in Figuren.
V. 6: handeln wir aus wirklichem Bezug.

Während die Wahrhaftigkeit der Figur noch in Zweifel steht, wird der Bezug ausdrücklich als „wirklich“ beschrieben. Die Wörter „wahrhaft“ und „wirklich“ werden damit gegenübergestellt: Das Wahrhafte steht eher in der Bedeutung von Vertrauenswertem; das Wirkliche ist als das Wirkende immer schon ein Beziehen und Vollziehen.[290] Die Präposition „in“ vor „Figuren“ gibt einen Raum an, innerhalb dessen wir uns befinden; „aus“ (V. 6) kann dagegen als Angabe der räumlichen Herkunft von uns oder des Grundes unserer Handlung begriffen werden. Daraus ergibt sich die Hypothese, dass der Bezug in logischer Hinsicht vor einer „Figur“ und als ihre Basis existiert.

In den nächsten 7–8 Versen wird der Bezug in der Gestalt von Antennen versinnbildlicht. Durch das geistige Fühlen füreinander sind sie verbunden (V. 7). „[D]ie leere Ferne“ (V. 8) umreißt einen großen Raum aus Nichts zwischen den Antennen, die zugleich Empfänger und Sprecher sind. Das transitive Verb „trug“ (V. 9) steht im Präteritum und deutet mit den Auslassungspunkten danach die Leerung der Inhalte an. Der leere Raum bindet sich an die leere Mitte im Sonett I. 3 zurück: Ein Hauch um nichts. In dem geleerten Raum liegt kein Inhalt, sondern nur die „[r]eine Spannung“ (V. 9) vor, die das Wesen des Bezugs kennzeichnet.

Bei der Wendung an den Bezug wird die „Musik der Kräfte“ (V. 9) durch eine Apostrophe („O“, V. 9) evokativ herausgerufen. An dieser Stelle zeichnet der physikalische Ausdruck „Kräfte“ (V. 9) die wechselseitigen Spannungen aus, nämlich die Wechselverhältnisse zwischen den Dingen. Die „Musik der Kräfte“ steht für eine Polyfonie, in der alle Dinge miteinander korrespondieren und übereinstimmen. Dabei erschöpft sich das Bezogensein nicht im Gegenüber von Subjekt und Objekt, weil es sich als Verwandelndes auf beide Seiten beziehen muss. „[D]ie volle Sphäre und Kugel des Seins“ steht im Bedeutungsfeld der Herstellung einer Einheit der Seienden.[291] Dabei handelt es sich hier in erster Linie um die Explikation des Verhältnisses zwischen Tun und Lassen in den zwei Terzetten. In diesem Zusammenhang steht die „Störung“ (V. 11), die semantisch der Reinheit der Spannung (V.

287 Bergson: a. a. O., S.152.
288 Siehe „wirklich“, in: Hermann Paul: Deutsches Wörterbuch, S. 1051.
289 Ebd.
290 Vgl. Krämer: a. a. O., S. 106.
291 Vgl. Buddenberg: Heideggers Rilkedeutung, S. 400.

9) entgegengesetzt ist, für die Dissonanz gegenüber der Harmonie der Kräfte und die mögliche Beeinträchtigung des wechselseitigen Bezugs. Das Ablenken der Störung soll dafür sorgen, sie in eine andere Richtung zu lenken. Das bezieht sich auf eine ordnende Handlung, die als „läßliche Geschäfte“ (V. 10) bezeichnet wird. Sie verweisen vor allem auf ein menschliches Tun, das zwar als Eingreifen empfunden wird, aber dessen Berechtigung eingeräumt werden kann.[292] Diese Geschäfte werden im letzten Terzett auf das Handeln des Bauers (V. 12) bezogen, das die menschliche Einmischung in die Entwicklung der Pflanze bedeutet. Die endgültige Verwandlung der Saat wird nicht durch das menschliche Tun vollendet, da es sich hierbei um ein Geschenk aus der Erde handelt. (V. 1214) Damit wird suggeriert, dass die Verwandlung nicht von unserem Tun abhängt, sondern aus unserem Lassen hervorgeht. Die Verwandlung der Saat, die sich als zeitlicher Vorgang darstellt, wird in dem lokalen Relativsatz (V. 13) nicht näher verortet. Damit könnte suggeriert werden, dass der Ort der Verwandlung uns unzugänglich ist. Die Unzugänglichkeit des Verwandlungsorts verweist auf den unsichtbaren Teil des Seins. Das Sein ist keine gediegen subjektive Konstruktion und wird folglich niemals durchsichtig. Die Kehrseite der hier implizierten Unzugänglichkeit des Seins bildet die Unzulänglichkeit unseren Handelns und Tuns, die Rilke explizit mit „reicht [...] niemals hin“ (V. 14) verdeutlicht. Diese Auffassung geht auf die mythologische Tradition zurück. Zwischen den zwei Polen von Subjektivität und Sein sch-wingt die unablässige orphische Verwandlung. Dabei geht es darum, den unsichtbaren Bezug hinter den sichtbaren Dingen möglichst viel zu belichten. Buddenberg hat auf die Identität des Seins und des Bezugs bei Rilke hin-gewiesen: „Wenn also unter den Grundworten Rilkes eines das Sein vertreten könnte, so ist es der ganze, der reine Bezug.“[293] Ein Bezug bedeutet zwar nicht, aber schließt notwendigerweise Subjektivität ein. Trotzdem kann der Dichter nur in dem Zurückdrängen der monologischen Subjektivität die Offenbarung vom Sein vernehmen. In diesem Sinne ist Rilkes ‚Figur‘ die aus Verräumlichung des Seins und dem Zurückdrängen des Subjekts hervorgeht, insgesamt als poetisches Sinnbild des Bezugs begreifbar.

In diesem Sonett tritt Musik wieder als Metapher für den dynamischen Bezug zwischen den Dingen auf. Sie bietet nichts Konkretes an und stellt nur die reine Spannung dar. Nach Egels Ansicht entwickelt Rilke in der Beschäftigung mit der Musik die Konzeption „seines späten, nicht mehr mimetisch, sondern figural bestimmten Gedichts“[294]. Hier ist ein geläufiges modernes Missverständnis gegenüber der Mimesis (altgriechisch μίμησις, *mimêsis*) festzustellen, das die Mimesis mit einer bloßen Nachahmung gleichsetzt. Im Gegenteil zur modernen Auffassung von Mimesis war sie in der Antike ursprünglich eine reine Ausdruckslehre der Musik. In der alten *mousike* waren Dichtkunst, Musik und Tanz real vereinigt.[295] Die ursprüngliche Verwendung von *mimêsis* findet sich im Kulttanz.[296] Vor allem bedeutet *mimeisthai* „durch Tanz zur Darstellung bringen“ oder auch „durch

292 Vgl. Krämer: a. a. O., S. 107.

293 Buddeberg: a. a. O., S. 399.

294 Egel: Rilkes musikalische Poetik, S. 30.

295 Vgl. Hermann Koller: Die Mimesis in der Antike: Nachahmung, Darstellung, Ausdruck. Bernae: Francke, 1954, S. 21; Vgl. auch Weidlé: a. a. O., S. 52.

296 Vgl. Koller: a. a. O., S. 119.

Tanz ausdrücken".[297] Mimesis ist also die „Darstellung des Erzählten durch die Körperbewegungen"[298]. Nach Weidlés Meinung lässt sich in vielen Fällen *mimêsis* viel besser mit „Darstellung" wiedergeben, wie es Schleiermacher in seiner Platon-Übersetzung bereits getan hatte.[299] Im Grunde genommen ist die Mimesis keine reproduzierende, kopierende Darstellung, sondern eine produktiv darstellende Ausdrucksweise:

> Nur durch Mimesis vermag der Mensch dem Gedachten und Erlebten eine Gestalt zu geben, die nicht einfach darüber berichtet, wie das die gewöhnliche Sprache tut, sondern dieses Gedachte und Erlebte in sich verkörpert, mit ihm eins wird und für den Hörer, den Betrachter eben das ist, was es vermitteln soll.[300]

Bei der Mimesis handelt es sich nicht nur um die Einheit von Erlebtem und Ausdruck, sondern auch um das „Einswerden des Subjekts mit dem Objekt der Mimesis"[301]. Sie ist kein Zustand, sondern ein rhythmischer Vorgang. In diesem Sinne ist Rilkes figural bestimmtes Gedicht gerade als mimetisch zu kennzeichnen. Der Vers „Gesang ist Dasein" erhält damit eine neue Deutungsmöglichkeit. Ein Gesang, der mit dem Dasein identisch ist, habe keinen Schein.[302] Dabei wird eine Einheit von menschlichem Namen und göttlichem Wort erstrebt. Ein bloßer Augenblick ist dafür genug. Im Sonett II. 28 wird angezeigt, dass der Augenblick kein negatives Vergängliches bedeutet. Er überwindet die Vergänglichkeit gerade durch ihre Vergänglichkeit, indem die Vergänglichkeit durch ihn verabsolutiert wird und damit als untilgbar gilt. Von der unversöhnlichen Diskrepanz zwischen Name und Wort ausgehend entwickelt Rilke also eine Negationspoetik gegen die Unzugänglichkeit der leeren Mitte, was einer absoluten Negation naht.

297 Weidlé: a. a. O., S. 42.
298 Koller: a. a. O., S. 33.
299 Vgl. ebd., S. 43.
300 Ebd., S. 52.
301 Ebd., S. 49.
302 Vgl. Rüdiger: Im Herzwerk der Sprache, S. 159.

1 O komm und geh, Du, fast noch Kind, ergänze
für einen Augenblick die Tanzfigur
zum reinen Sternbild einer jener Tänze,
darin wir die dumpf ordnende Natur

2 vergänglich übertreffen. Denn sie regte
sich völlig hörend nur, da Orpheus sang.
Du warst noch die von damals her Bewegte
und leicht befremdet, wenn ein Baum sich lang

3 besann, mit dir nach dem Gehör zu gehn.
Du wußtest noch die Stelle, wo die Leier
sich tönend hob –; die unerhörte Mitte.

4 Für sie versuchtest du die schönen Schritte
und hofftest, einmal zu der heilen Feier
des Freundes Gang und Antlitz hinzudrehn.

(SaO II. 28)

Der für die *Sonette* charakteristische Anruf mit „O" eröffnet das Gedicht. Der Imperativ „Komm und geh" deutet einen orphischen Rhythmus an, der eine ewige Verwandlung versinnbildlicht.[303] Damit wird der Gott Orpheus auf eine indirekte Weise angerufen. Das Gedicht wird durch die abwechselnde Verwendung der Pronomen „du" und „sie" strukturiert. Die Konnotation des „sie" wechselt in der Entwicklung des Gedichts und kann auf die „Natur" (V. 4) oder „die unerhörte Mitte" (V. 11) verweisen. Aber der Adressat von „du" ist beständig. Durch die Bestimmung des „Du" (V. 1) als Kind und den Anruf an eine Tanzfigur bezieht sich es ersichtlich auf das Mädchen Wera. Damit schließt sich das Sonett an das vorletzte Sonett des ersten Teils an. Am 7. Februar 1921 schickt Rilke Weras Mutter Gertrud Ouckama-Knoop den ersten Teil der *Sonette* und schreibt:

> Sie werden beim ersten Einblick verstehen, wieso Sie die Erste sein müssen, sie zu besitzen. Denn, so aufgelöst der Bezug auch ist (nur ein einziges Sonett, das vorletzte, XXIVe [I. 25], ruft in diese, ihr gewidmete Erregung Wera's eigene Gestalt), er beherrscht und bewegt den Gang des Ganzen und durchdrang immer mehr – wenn auch so heimlich, daß ich ihn nach und nach erst erkannte – diese unaufhaltsame, mich erschütternde Entstehung.[304]

Das Sonett II. 28, als vorletztes Sonett des zweiten Teils, ruft auch die Tanzfigur aus Wera, die für einen Augenblick mit dem Sternbild verbunden ist. (V. 2–3) Der Augenblick ist bemerkenswerterweise mit dem Sternbild syntaktisch überlagert („für einen Augenblick", V. 2; „zum reinen Sternbild", V. 3). Dabei wird die Existenz des Sternbilds durch den

303 Vgl. Das dritte Kapitel der vorliegenden Studie.
304 Brief an Gertrud Ouckama-Knoop (7.2.1921), in: Briefe aus Muzot 1921 bis 1926, S. 112.

Augenblick ausgeprägt, der bei Rilke keine negative Vergänglichkeit bedeutet.

Nach Kierkegaard sei der Augenblick nicht das Atom der Zeit, sondern das Atom der Ewigkeit. Das Ewige bei ihm ist das Gegenwärtige: „Im Ewigen findet sich die Unterscheidung des Vergangenen und des Zukünftigen also wieder nicht, weil das Gegenwärtige als die aufgehobene Sukzession gesetzt ist."[305] Kierkegaard meint, wenn die Zeit und die Ewigkeit einander berühren sollen, muss diese in der Zeit sein, „und nun sind wir beim Augenblick"[306], weil gerade im Augenblick die Differenz zwischen Vergangenheit und Zukunft aufgehoben wird. Kierkegaard hat zusätzlich darauf hingewiesen, dass das lateinische Wort für „Augenblick" *momentum* ist, das von *movere* (bewegen) abgeleitet wird. In die endlose Bewegung, die aus Momenten besteht, bricht das Ewige ein, und so wird der Augenblick zum wirklichen Gegenwärtigen. Im neutestamentlichen Sinne wird er zutreffend als „Fülle der Zeit" definiert. Infolgedessen lässt sich aus Rilkes Zeitverständnis und besonders mit Bezug auf Kierkegaard entnehmen, dass der Augenblick auch bei Rilke im Sinne einer Art Ewigkeit verstanden werden kann. Daher, wenn das reine Sternbild der Tanzfigur durch den Augenblick bestimmt ist, verweist es keinesfalls auf die negative Vergänglichkeit, sondern auf das Gegenwärtige. In diesem Sinne sind die Verse 4–5 erst richtig verständlich: „darin wir die dumpf ordnende Natur / vergänglich übertreffen [...]" Eine Tanzfigur ist stets durch eine Folge von Bewegungsabläufen gekennzeichnet. Wir überwinden „die dumpf ord-nende Natur" gerade im beweglichen Augenblick der Verwandlung. Das Adjektiv „dumpf" bedeutet „hohl", „unklar" oder „unbewusst".[307] Hier kann man von der Spontanität der Kunst sprechen. Allemann merkt an dieser Stelle nicht ohne Grund an, dass die Natur in ihren endlos fließenden Bewegungen dauerhafter als jedes Kunstwerk sei, aber sie es nie zu der Prägnanz momentaner Konstellationen vorbringe.[308] Durch das Enjambement bezieht sich aber das Adjektiv „vergänglich" (V. 5) sowohl auf die „Natur" (V. 4), als auch auf das Verb „übertreffen" (V. 3). Damit wird das Übertreffen der Natur durch die Kunst angemessen relativiert.

Das Verhältnis zwischen Sternbild und Tanzfigur kann man mittels Platons Begriffs *methexis* (Teilhabe) begreifen, die ursprünglich die Teilhabe der Dinge an Ideen bedeutet.[309] Nach Aristoteles Bericht habe Platon den Begriff *methexis* an die Stelle des älteren pythagoreischen Begriffs *mimêsis* gesetzt. (*Metaphysik*, 987b)[310] Daraus ist anzunehmen, dass die Teilhabe an das wahre Sein auch im Begriff *mimêsis* impliziert wird. Indem sich die Tanzfigur (V. 2) ins Sternbild „eines jener Tänze" (V. 3) verwandelt, hält sie sich durch Teilhabe an das letztere im Sein. Weil das Präpositionalobjekt nach dem Muster von „ergänzen ... mit ..." fehle, falle die Tänzerin selbst in den Tanz ein: „Du [...] ergänze [...] die

305 Kierkegaard: Der Begriff Angst. Uebers., mit Einl. u. Komm. Hrsg. von Hans Rochol. Hamburg: Meiner, 1984, S. 93.

306 Ebd., S. 94.

307 Siehe „dumpf", in: Renate Wahrig-Burfeind (Hrsg.): Deutsches Wörterbuch, S. 396.

308 Vgl. Allemann: a. a. O., S. 71

309 Siehe „Teilhabe/Partizipation (metochê, methexis)", in: Christian Schäfer (Hrsg.): Platon-Lexikon, S. 277–282, S. 278.

310 Vgl. „Nachahmung/Darstellung/Mimesis", in: Christian Schäfer (Hrsg.): Platon-Lexikon, S. 210–213, S. 210.

Tanzfigur".[311] Somit gilt die Tänzerin als das fehlende Präpositionalobjekt und verwandelt sich mit dem Tanz zusammen in ein Ganzes. Dabei rekurriert man auf das Resultat der vorhergehenden Analyse, dass in der ursprünglichen sakralen Mimesis des Tanzes nicht zwischen tanzendem Tänzer und getanztem Tanz differenziert wurde.[312] Dabei ist auch das Einswerden von Subjekt und Objekt festzustellen.

Im zweiten Quartett wird eine Verbindung zwischen dem Tanz und Orpheus hergestellt. Das Tempus Präteritum signalisiert die Vergangenheit und bezieht sich auf die orphische Zeit. Der Tanz ist bei den Griechen die alles umfassende Kunstform, die das Wort, die Bewegung, die Haltung und das Melos in sich einschließt.[313] Daher ist der Tanz keine tonlose Bewegung, sondern Musik, Gebärden und Worte fallen in ihm zusammen. Die orphische Musik bringt die ganze Natur in Bewegung: Sie [die Natur] regte sich völlig hörend nur, da Orpheus sang. (V. 5–6) Anschließend wird die Tänzerin in den Or-pheus–Mythos verwoben und im Vergleich mit der Natur differenziert dar-gestellt. Sie kennt nicht nur den Ort, wo Orpheus sang, sondern auch die Stelle, wo die Leier sich hob. (V. 10–11) Das reflexive Verb „sich hob" beschreibt den Vorgang, in die Höhe zu gehen. Hier wird wieder auf das Sternbild der Lyra im Orpheus–Mythos angespielt. Der Einsatz des Semikolon (V. 11) anstelle vom Kolon zeigt die Parallelität zwischen dem Sternbild und der „unerhörte[n] Mitte" an. Drei Bedeutungen enthält das Wort „unerhört" gleichzeitig: ungehört; nicht erhört (Bitte); nie dagewesen.[314] Das Wesen der Mitte artikuliert sich in dem negativen Präfix „Un–", nämlich als Unzugänglichkeit. Während das Verhältnis der Tanzfigur und der Leier zum Sternbild als Teilhabe inszeniert werden kann, wird die Mitte separat durch die Negation bestimmt. Später wird die Mitte als Leere in *Shawl* beschrieben, die auch im Zusammenhang zum Wort „unerhört" steht:

311 Vgl. König u. Bremer (Hrsg.): a. a. O., S. 295.

312 Vgl. Weidlé: a. a. O., S. 50.

313 Vgl. Koller: a. a. O., S. 25.

314 Siehe „unerhört", in: Deutsches Wörterbuch von Jacob Grimm und Wilhelm Grimm, Erstbearbeitung (1854–1960), digitalisierte Version im Digitalen Wörterbuch der deutschen Sprache, URL: https://www.dwds.de/wb/dwb/unerh%C3%B6rt> (abgerufen am 25.2.2022)

Shawl

Wie, für die Jungfrau, dem, der vor ihr kniet, die Namen
zustürzen unerhört: Stern, Quelle, Rose, Haus,
und wie er immer weiß, je mehr der Namen kamen,
es reicht kein Name je für ihr Bedeuten aus –

... so, während du sie siehst, die leichthin ausgespannte
Mitte des Kaschmirshawls, die aus dem Blumensaum
sich schwarz erneut und klärt in ihres Rahmens Kante
und einen reinen Raum schafft für den Raum...:

erfährst du dies: dass Namen sich an ihr
endlos verschwenden: denn sie ist die Mitte.
Wie es auch sei, das Muster unsrer Schritte,
um eine solche Leere wandeln wir. (SW 2, 477)

Dem Adjektiv „unerhört" wird an dieser Stelle die Bedeutung von „namenlos" zugewiesen. Die unerhörte Mitte ist mit keinem Namen belegbar. Um diese Mitte entsteht das Schicksalsmuster unserer Schritte, die auf den Bezug hindeutet. Zur Namenlosigkeit der Mitte hat Allemann zutreffend angemerkt: „Namen verschwenden sich an dieser Mitte, aber dadurch gerade erhält sie ihre dichterische Bedeutsamkeit."[315] Die Verschwendung des Namens legt die Unzulänglichkeit des menschlichen Namens im Vergleich zum göttlichen Wort nahe. Die Mitte ist für Menschen namenlos, unerhört und wird zuletzt als Leere bezeichnet. Die Leere als absolute Negation deutet insofern auch die Unzugänglichkeit der Mitte an. Die Figur kreist um die Mitte, tritt vielleicht niemals in sie ein, aber ein reiner, gesteigerter Raum kann durch die Verwandlung vom Sichtbaren zum Unsichtbaren geschaffen werden.

Im letzten Terzett des Sonetts II. 28 wird dargestellt, wie die „unerhörte Mitte" doch vielleicht erreicht werden kann. Zwecks des Zugangs zur unerhörten Mitte versucht die Tänzerin Schritte, die mit der ästhetischen Wertung „schön" (V. 12) konnotiert werden. Daher ist der Versuch als ästhetisches Phänomen auslegbar. In solchen Tanzschritten wird eine Hoffnung impliziert, die intendierte Begegnung für einen Augenblick („einmal", V. 13) zu erfüllen. In *Der Panther* heißt es:

Der weiche Gang geschmeidig starker Schritte,
der sich im allerkleinsten Kreise dreht,
ist wie ein Tanz von Kraft um eine Mitte,
in der betäubt ein großer Wille steht. (SW 1, 505)

Die Schritte des Tanzes werden hier als Kreise um die Mitte geschildert. Die Tänzerin geht nirgends hin und kreist lediglich um eine Mitte. Dabei wird die Zwecklosigkeit in ihrer

315 Allemann: a. a. O., S. 100.

metaphysischen Bedeutung als Hintergrund einbezogen, wie im Abschnitt 4.1 erläutert wird. In dem Kreis gibt es einen Augenblick, in dem der Tanzende in einer höheren Begegnung mit dem Sein der Dinge aufgehoben wird. Durch das Motiv des Hindrehens (V. 14) spielt das letzte Terzett auf die Orpheus-Eurydike-Geschichte an, aber wandelt zugleich ihren Sinn um. Das eindeutig tragische Schicksal des Orpheus wird hier durch die rhetorische Figur des *Apokoinus* infrage gestellt. Das Wort „Freu-nd" (V. 14) bezieht sich gleichzeitig auf „Feier" (V. 13) und „Gang und Antlitz" (V. 14). Das erste verweist auf eine Verehrung und Hoffnung, während das letzte einen tragischen Abschied andeutet. Die zwei Lesarten überlagern einander und versetzen die Hoffnung der Tänzerin in eine Unbestimmtheit. Was am Beginn des Sonetts ein Erfüllungsvorsatz der Figur zu sein schien, entpuppt sich am Ende als deren Zweifel.

Das Bewusstsein über die Negationskraft des Präfixes „un-" kennzeichnet Rilkes spätere Poetik. Schon Mallarmé befürwortet eine entdinglichte Dichtung, die Assoziationen an wirkliche Gegenstände tilgt und sich auf die Suggestivkraft einer musikalischen Sprache verlässt.[316] Bei Rilke stellt sich die Bewegung der Figur überhaupt als Bewegung der Reduktion bzw. Negation dar, um den evokativen Raum in der Leere zu ermöglichen. Bei der Bewunderung von Cézannes Gemälden interessiert sich Rilke weder für ihre Sujets noch für die konkreten, malerischen Aspekte im engeren Sinne, sondern aus-schließlich für die semiotischen Implikationen der Bilder.[317] Dem Wort *figura* kommt in der Tradition der platonisch-aristotelischen Verwendung des Begriffs *forma* und *schema* eine weitere Bedeutung in der Nähe zum Modell zu.[318] Die Bedingung des Modellhaften ist die Leerung des konkreten Inhalts, damit sich die Kontur des Modells als *abstracta* deutlicher abhebt. An Rilkes ‚Figur' sei nicht der greifbare Inhalt das poetisch Wesentliche, sondern ihre Funktionalität.[319] Das wird in der Rilke-Forschung kanonisch als Abstraktion oder semiotische Orientierung bezeichnet. Rilkes späte Dichtung verfolge einerseits eine Tendenz zu Abstraktheit und geometrischer Figürlichkeit, andererseits entfalte sich in ihr jedoch eine mythische Kraft. (Vgl. KW 2, 721) Folglich bewirkt die Abstraktion hier keinen Verlust an Reichhaltigkeit des Inhalts, sondern die Reduktion des optischen Eindrucks zugunsten einer reinen Bewegung. Die Transformation eines sichtbaren Dinges in eine Figur der abstrakten Bewegung begreift Rilke als Figuration. Die Erfüllung der Einheit von Namen und Wort zehrt nicht mehr von Beredsamkeit, sondern ist auf die evokative Kraft *ex negativo* angewiesen. Die für eine anschauliche Vorstellung notwendigen konkreten Inhalte werden durch eine negative, kritische Bewegung ausgeklammert.

316 Vgl. Pott: a. a. O., S. 374.
317 Vgl. Endreva: a. a. O., S. 159.
318 Vgl. Brandstetter (Hrsg.): De figura, S. 9.
319 Vgl. Allemann: a. a. O., S. 37.

1 Rose, du thronende, denen im Altertume
warst du ein Kelch mit einfachem Rand.
Uns aber bist du die volle zahllose Blume,
der unerschöpfliche Gegenstand.

2 In deinem Reichtum scheinst du wie Kleidung um Kleidung
um einen Leib aus nichts als Glanz;
aber dein einzelnes Blatt ist zugleich die Vermeidung
und die Verleugnung jedes Gewands.

3 Seit Jahrhunderten ruft uns dein Duft
seine süßesten Namen herüber;
plötzlich liegt er wie Ruhm in der Luft.

4 Dennoch, wir wissen ihn nicht zu nennen, wir raten ...
Und Erinnerung geht zu ihm über,
die wir von rufbaren Stunden erbaten.

(SaO II. 6)

Die evokative Kraft wird zunächst durch die substantivische Nennung der Rose am Anfang aktiviert. In der Pronominalstruktur wird die Rose als Adre-ssat angesprochen und personifiziert. Im ersten Quartett geht es um die Gegenüberstellung von der Antike („Altertume") und einem „uns" (V. 3), das als Metonymie der Moderne zu begreifen sei.[320] Der Kontrast dazwischen wird durch die Diskrepanz auf der Ebene des Numerus unterstrichen. Dem Singular von „eine[m] Kelch" (V. 2) steht ein Plural gegenüber: das Zahllose der Rose (V. 3). Daraus entwickeln sich zwei Deutungen von „Rose", die einerseits durch Einfachheit und andererseits durch Unerschöpflichkeit gekennzeichnet wird. Deshalb geht es hier vor allem um den Kontrast zwischen antiker und moderner Poetik, zwischen klassischen Topoi und moderner Poetik. Das Erste wird von der rhetorischen, konventionellen Norm bestimmt; das Letztere hebt das fixierte Verhältnis zwischen Bezeichnendem und Bezeichnetem auf und befreit die Rose damit aus der vorgegebenen symbolischen Bindung.

Strukturell wird das zweite Quartett durch das Semikolon in zwei Teile gegliedert. Dazwischen entfaltet sich eine zweifache Bewegung der Negation. Der erste Teil gilt zunächst als Reflexion über das erste Quartett; der zweite Teil stellt durch das Reflexionszeichen „aber" (V. 7) wiederum eine Reflexion über ihn an. Der Reichtum (V. 5) spielt zuerst auf die reichliche Symbolgeschichte der Rose an, die durch „Altertume" (V. 1) und „Jahrhunderte" (V. 9) impliziert wird. Während sie „wie Kleidung um Kleidung" (V. 5) scheint, besteht der Leib innerhalb der Kleidung „aus nichts als Glanz" (V. 6). Durch die Bestimmung des Leibes als Kern der Rose ist die „Kleidung um Kleidung" in diesem Kontext negativ als Schein konnotiert. Das Gewicht des ersten Teils liegt im Verb „scheinen" (V. 5). Dieses Verb

320 Vgl. König u. Bremer (Hrsg.): a. a. O., S. 174.

bezieht sich sowohl auf „Kleidung um Kleidung“ als auch auf „[Kleidung] um einen Leib [...] aus Glanz“ (V. 6). Die Doppeldeutigkeit des „scheinen“ ist an dieser Stelle aktualisiert: aussehen, einen bestimmten Ausdruck erwecken; Licht ausstrahlen, zunächst auf die Himmelskörper bezogen.[321] Die erste Bedeutung kommt in Betracht, weil die Rose in Wahrheit entgegen dem Anschein keine mehrschichtigen Kleidungen hat. Die zweite findet darin Ausdruck, dass der Glanz auf die Ausstrahlung des Lichts der Himmelskörper zurückgeht. Die Bekleidungsmetapher lässt sich als Verbildlichung der *elocutio*, des rhetorischen Ausdrucks betrachten, der sich wie schmückende Kleider des Sachlichen verhält. Auch sie selbst gehört seit Ciceros *De oratore* zum Inventar der Rhetorik.[322] Aber das Verb „scheinen“ suggeriert, dass die klassischen Topoi häufig nur Schein herbeiführen. Die zweite Präposition „um“ zeichnet den „Leib“ als Mitte der Rose aus, deren Leerheit durch das Wort „nichts“ angedeutet wird. (V. 6) Mit dem durch „aber“ (V. 7) eingeleiteten Satz wird die Rolle des „ist“ (V. 7) als Gegengewicht zu „scheinst“ und als Vorläufer der Wahrheit hervorgehoben. Das Blatt (V. 7), das neben Pflanzenblatt auch Papier bedeuten kann, wird durch die zwei alliterierende Wörter „Vermeidung“ (V. 7) und „Verleugnung“ (V. 8) näher bestimmt, die eine Reduktion bis zur Negation des Gewandes zum Ausdruck bringen. Das Wort „Gewand“ (V. 8) wird gewöhnlich nur im gehobenen Stil und in der Sprache der bildenden Künste gebraucht.[323] In diesem Sinne ist das Gewand einigermaßen mit der Konstruktion „Kleidung um Kleidung“ identifizierbar. Daher lässt sich das Blatt als Negation der im negativen Sinn scheinenden Kleidung begreifen. Diese Behauptung wird übrigens durch die Reime zwischen „Kleidung“ und „Vermeidung“ unterstützt. Das Gewand bedeutet ursprünglich „das Gewendete“ und knüpft insofern an das Bedeutungsfeld um das Wort „Blatt“ an. Weil das Attribut „einzeln“ (V. 7) des Blattes die Individuation andeutet, lassen sich die Verse 7–8 folgendermaßen paraphrasieren: Das individuelle Schreiben ist zugleich Vermeidung und Verleugnung der Gewandtheit der klassischen Rhetorik. Daraus ergibt sich die Bedeutung der Mitte als Leerheit, die aus der Leerung der mannigfaltigen Inhalte entstammt und in positivem Sinn als Immanenz eines Dinges glänzt. Dabei wird die Konzeption der absoluten Kunst indirekt aufgegriffen. Indem die leere Mitte als Leib der Rose bestimmt wird, ist sie mit Bezug auf das erste Quartett als Quelle der Unerschöpflichkeit zu betrachten. Die Unerschöpflichkeit der Rose geht demnach aus der Mitte und damit aus der Leerheit hervor. Hierdurch wird die evokative Kraft der Negation impliziert. Der Gedankenfaden zwischen leerer Mitte und Unerschöpflichkeit wird in den Terzett-Strophen weitergesponnen. Die evokative Kraft der Sprache gebiert sich gerade im leeren Raum. Das erste Terzett wendet sich an den unsichtbaren, rhythmischen Duft der Rose. „Seit“ zeigt die weite zeitliche Dimension des Anrufs; „herüberrufen“ impliziert die Bewegung der Namen von Ferne in die Nähe im Raum. Der Duft (V. 9) der Rose, das Potenzial des Unsichtbaren symbolisierend, fungiert hier als Akteur, während der Mensch als Empfänger in diesem Gespräch bestimmt wird. Dabei lässt sich eine Haltung des Hörens assoziieren. Die Mehrzahl der Namen (V. 10) entspricht einerseits der Unerschöpflichkeit der

321 Siehe „scheinen“, in: Hermann Paul: Deutsches Wörterbuch, S. 726.
322 Vgl. König u. Bremer (Hrsg.): a. a. O., S. 175.
323 Siehe „Gewand“, in: Hermann Paul: Deutsches Wörterbuch, S. 350.

Rose und deutet andererseits die Verschwendung der Namen für das Benennen des Dufts an. Das Präfix „herüber-" markiert einen Vorgang vom Jenseits zum Diesseits, der eine Bewegung von der Transzendenz zur Immanenz andeutet.

Diese Bewegung wird aber durch die plötzliche Anwesenheit des Dufts unterbrochen. Statt seiner süßesten Namen tritt der Duft selber unmittelbar auf. Die Präsenz des Dufts symbolisiert wie eine Epiphanie, die außerhalb syntaktischer und logischer Hinweise liegt, die vollkommene Identität von Namen und Wort. Damit wird suggeriert, dass der Auftritt des Dufts unabhängig von unserem Nennen ist. Das zeitliche Adverbiale „plötzlich" (V. 11) markiert einen wunderlichen Augenblick. Kierkegaard hat darauf hingewiesen, dass das was wir den Augenblick nennen, Platon als das Plötzliche (τὸ ἐξαίφνης) bezeichnet. Als solches beschreibt er im Parmenides (155 e–157 b) jenes Wunderliche (ἄτοπον), worin das Eine von Bewegung in Ruhe und von Ruhe in Bewegung umschlägt.[324] Das entspricht genau der Situation in diesem Terzett. In einem Augenblick liegt der Duft wie Ruhm plötzlich in der Luft. (V. 11) Da der durch das Verb „liegen" (V. 11) suggerierte statische Zustand mit dem Plötzlichen intim gekoppelt ist, wird die Einheit von Ruhe und Bewegung deutlich gemacht. „Ruhm" (V. 11) steht im Zusammenhang zum Rühmen, das bei Rilke mit dem musischen Singen identifiziert wird. Das substantivierte Rühmen spielt noch auf die objektivierte kollektive Erinnerung an, die sich aus Jahrzehnten entwickelt und auf die Zukunft erstreckt. Daraus bildet sich die richtige Tradition heraus.

Das letzte Terzett stellt eine entgegengesetzte Bewegung von uns zum Duft dar, die sich zunächst als Reflexion zum ersten Terzett verstehen lässt. Trotz der Epiphanie des Dufts nennen wir ihn nicht, sondern raten nur (V. 12), weil wir bereits zur Erkenntnis gekommen sind, dass eine ewige Diskrepanz zwischen Namen und Wort vorliegt. „Raten" bedeutet, eine Ansicht auch ohne ausreichende Belege zu bilden, was der subjektiven, andeutenden Weise der poetischen Darstellung entspricht. Die Auslassungspunkte, die nach dem *Amphibrachys* „wir raten" den Vers und seine Metrik ins Schweigen tragen, öffnen die Zeit der Erinnerung.[325] Das Raten bringt keinen einzigen Namen hervor, sondern Erinnerung (V. 13), die zu dem Duft übergeht. Dabei sind bisher zwei gegenläufige Bewegungen erkennbar: Im ersten Terzett kommen die Namen zu uns herüber, im zweiten geht die Erinnerung zu ihm über. Im ersten geht es um die Verinnerlichung, während es sich beim zweiten um eine Äußerung handelt. Die beiden Bewegungen ergänzen sich gegenseitig und bilden eine Einheit der orphischen Verwandlung: die eine geht zum Innen des Subjekts, vom Sichtbaren zum Unsichtbaren, die andere geht nach außen, vom Unsichtbaren wieder zum Sichtbaren. Die Bewegung der Figur schließt stets die zwei gegenläufigen Ausrichtungen in sich ein und kreist um die namenlose Mitte. Das Raten entwickelt sich zuletzt zum „erbaten" (V. 14); die Verbindung dazwischen wird durch die reinen Reime zwischen „raten" und „erbaten" unterstrichen. Selbst die Erinnerung „erbaten" wir von den rufbaren Stunden und gewinnen sie nicht unserem Handeln ab. Das Adjektiv „rufbar", das mehr als „nennbar" besagt, konstatiert vor dem Hintergrund der Diskrepanz von

324 Vgl. Michael Theunissen: „Augenblick", in: Joachim Ritter u. Karlfried Gründer (Hrsg.): Historisches Wörterbuch der Philosophie, Bd. 1, Basel: Schwabe Verlag, 1971, S. 650.

325 Vgl. König u. Bremer (Hrsg.): a. a. O., S. 177.

Namen und Wort bei Menschen die Existenz der Unsagbarkeit, der Namenlosigkeit. Die Handlung des Erbetens lässt sich als Evocatio beschreiben, die ursprünglich sich auf ein „Heraus-, Herbeirufen" der Götter eines Gebiets bezieht, um sie zum Erscheinen zu veranlassen. Dabei wird die Erinnerung als von Göttern gesegnete evokative Kraft der Sprache aufgefasst. Das Erinnern kann bei Rilke als „Er-innern" begriffen werden: etwas in das Innere zu bringen, um es zum Teil des Subjekts zu machen.[326] Die Erinnerung ist also das im Subjekt verinnerlichte Unsichtbare. Aber andererseits betrifft die Erinnerung auch den historischen Horizont einer Figur und Assoziationen der Leser. Gerok-Reiter hat darauf zutreffend hingewiesen, dass die Erinnerung für die Rezeption, die Genese und den Wirklichkeitsbezug einer Figur relevant sei, weil sie die Tragweite und historischen Horizont einer Figur zusammenfügen kann.[327] Nämlich auch auf dieser Ebene lässt sich die Erinnerung als Metapher der evokativen Kraft der Sprache ansehen. In *Sonetten* strahlt die evokative Kraft auffällig in der Figur des Schweigens. Bei Rilke umfasst das Schweigen zwei Aspekte: einerseits manifestiert sich das Schweigen als konkrete poetische Figur (wie Tanz, Baum u. a.), die sich auf den Kondensationsprozess und die nonverbale Darstellung des Unsagbaren bezieht, und andererseits als dichterische Verfahrensweise, z. B. bewusste Reduktion der Stoffe oder Verwendung gewisser rhetorischer Mittel. In der poetologischen Hinsicht markiert das Schweigen mit Bezug auf das „Er-innern" zunächst eine Wendung nach innen.

> 4 12 Weniger nicht, als die heimliche leise Gewahrung,
> 13 die uns im Innern schweigend gewinnt
> 14 wie ein still spielendes Kind aus unendlicher Paarung.
>
> (SaO II. 9)

Im Schweigen gewinnen wir im Innern eine heimliche leise Gewahrung (V. 12). Der Neologismus „Gewahrung" verankert sich etymologisch auf das Wort „wahr", das sich auf Wahrheit bezieht. Sie ist eine Variante zu „gewahr", das auf die Wahrnehmung verweist. Damit meint die Gewahrung eine authentische Wahrnehmung, die im Schweigen in unserem Innern auftaucht (V. 13). Das Partizip I „schweigend" kennzeichnet das Schweigen als Begleithandlung zum Entstehen der Gewahrung. Die doppelten Attribute „heimlich" und „lei-se" vor „Gewahrung", die sich als Performanz des Schweigens begreifen lassen, heben den Zusammenhang zwischen Schweigen und Gewahrung hervor. Daher kann die Gewahrung ihrerseits als produktiver Aspekt des Schweigens betrachtet werden. Durch das Vergleichspartikel „wie" (V. 14) wird das produktive Schweigen mit einem still spielenden Kind gleichgesetzt, das „aus unendlicher Paarung" (V. 14) kommt. Die Reime zwischen „Gewahrung" (V. 11) und „Paarung" (V. 14) zeigen die Affinität zwischen ihnen an. Gewahrung als Wahrnehmung richtet sich stets an etwas anderes und lässt sich im übertragenen Sinne als eine Art Paarung verstehen, die die Verbindung zwischen zwei heterogen Seienden herstellt. Das Adjektiv „unendlich" markiert die unerschöpfliche Qualität der Paarung und zeichnet die Handlung als einen Vorgang anstatt als einen fixierten Zustand aus. Da

326 Vgl. ebd., S. 131.
327 Vgl. Gerok-Reiter: a. a. O., S. 264.

das Entstehen eines Kindes die unerschöpfliche Verbindung voraussetzt, die bei Rilke immer „die volle Sphäre und Kugel des Seins“[328] bedeutet, wird die Vollzähligkeit als Resultat der Gewahrung und der Paarung impliziert. Den beiden – Gewahrung und Paarung – liegt das Schweigen zugrunde. Im Sonett II. 8 wird die Performativität des Schweigens als bewusster Verzicht auf Verbalisierung dargestellt:

1 1 Wenige ihr, der einstigen Kindheit Gespielen
2 in den zerstreuten Gärten der Stadt:
3 wie wir uns fanden und uns zögernd gefielen
4 und, wie das Lamm mit dem redenden Blatt,

2 5 sprachen als Schweigende. Wenn wir uns einmal freuten,
6 keinem gehörte es. Wessen wars?
7 Und wie zergings unter allen den gehenden Leuten
8 und im Bangen des langen Jahrs.

3 9 Wagen umrollten uns fremd, vorübergezogen,
10 Häuser umstanden uns stark, aber unwahr, – und keines
11 kannte uns je. Was war wirklich im All?

4 12 Nichts. Nur die Bälle. Ihre herrlichen Bogen.
13 Auch nicht die Kinder ... Aber manchmal trat eines,
14 ach ein vergehendes, unter den fallenden Ball.

(In memoriam Egon von Rilke)

Das Gedicht ist Rilkes Cousin gewidmet, der als kleines Kind 1880 verstarb.[329] Damit wird ein Bezug zum Motiv ‚Tod‘ und ‚Kind‘ hergestellt. Das Kinderspiel steht zuallererst für eine zwecklose Handlung. Mit Schillers Wort ist das spielende Kind „in voller Bedeutung des Worts Mensch“[330]. Für Rilke geht es hier bei der Konzeption des Kindes kaum um „die Einheit der Realität mit der Form, der Zufälligkeit mit der Notwendigkeit, des Leidens mit der Freiheit“[331], sondern vielmehr um die Einheit des Handelns und Wahrnehmens. Es ist ein ursprünglicher Zustand des Menschen, der nur in geringem Maße von Bewusstsein und Zweckausrichtung geprägt wird. Im Spiel wächst das Kind harmonisch in die Welt hinein und begreift sich als Teil derselben. Darin spiegelt sich Rilkes Konzeption des ‚In-der-Welt-Sein‘ wider. Spiel ist nicht nur ein sinnlich-vernünftiges Handeln, sondern auch

328 Brief an Margot Sizzo (6.1.1923), in: Rainer Maria Rilke: Briefe 2, S. 268.

329 Dazu Rilkes Brief an seine Mutter (24.1.1924), in: Rainer Maria Rilke: Briefe an die Mutter 1896 bis 1926. 2 Bde.. Hrsg. von Hella Sieber-Rilke. Frankfurt am Main: Insel, 2009, S. 568–573.

330 Schiller: Ueber die ästhetische Erziehung des Menschen, in: Friedrich Schiller (Hrsg.): Die Horen, Band 1, 2. Stück. Tübingen, 1795, S. 88, URL: https://www.deutschestextarchiv.de/book/view/schiller_erziehung02_1795?p=38 [abgerufen am 28.12.2021]

331 Vgl. Winfried Sdun: Zum Begriff des Spiels bei Kant und Schiller, in: Kant-Studien 57 (1966), S. 500–518, hier S. 511.

ein sinnlich-vernünftiges Wahrnehmen.[332] Im Sonett II.8 wird expliziert, dass das Spiel der Kinder durch Schweigen geprägt wird. Im radikalsten Sinne sind schweigende Wahrnehmung und schweigende Darstellung dabei dasselbe. Wir reden schweigend miteinander wie das Lamm mit dem redenden Blatt. (V. 4) Die theologisch-christliche Figur des Lamms wird hier mit der redenden, mythischen Natur überlagert. Das Blatt ist in Rilkes Idiomatik als Sprechorgan begreifbar (Vgl. Früchte-Sonett) und verkündet zugleich die Vollzähligkeit von Leben und Tod. Daraus wird ersichtlich, dass das Schweigen keine negative Ausdruckslosigkeit bedeutet. Die scheinbare Paradoxie „schweigend sprechen" (V. 5) unterstreicht insbesondere die Performativität des Schweigens, das im Sonett II. 20 als Sprache der Fische beschrieben wird:

4 12 Fische sind stumm ..., meinte man einmal. Wer weiß?
13 Aber ist nicht am Ende ein Ort, wo man das, was der Fische
14 Sprache wäre, ohne sie spricht?

Hier soll zunächst zwischen „stumm" und „schweigend" unterscheiden. Schweigen existiert erst, wenn man sprechen kann. Sonst ist man stumm wie ein Fisch. Schweigen gilt daher als bewusster Verzicht auf einen expliziten Sprechakt, aber bringt trotzdem etwas zum Ausdruck. Hier wird die Sprache des Fisches als eine unausgesprochene Sprache konzipiert, die auch dem Menschen zugewiesen werden kann. (V. 13–14) Die Kommunikation vollzieht sich dabei nicht in der Verbalisierung, sondern im beabsichtigten Nicht-Sagen, im Schweigen. Diese schweigende Sprache hängt vornehmlich an dem Unsagbaren, das die Grenze der menschlichen Sprache markiert. Die endliche Sprache des Menschen kann die Fülle der Welt kaum erfassen. Nur im Schweigen kann das Unsagbare berührt werden. Gerade daraus ergibt sich die Performativität des Schweigens. Indem es auf die Unsagbarkeit von Erfahrungen verweisen kann, ist es überhaupt nicht ausdruckslos, sondern beredt und dei-ktisch.[333] Dank des Schweigens kann die evokative Kraft der Sprache außerdem in der Form der Erinnerung durch die Abwesenheit der Verbalisierung aktiviert werden. Zur Evokation der Sprache macht Mallarmé im Hinblick auf die Spiegelungswirkung zwischen den Wörtern folgende Bemerkungen:

> Das reine Werk impliziert das Verschwinden der dichterischen Beredsamkeit. Der Dichter überläßt die Initiative den Wörtern, aktiviert durch die Interferenz ihrer Unterschiede. Die Wörter entzünden sich durch ihre gegenseitige Spiegelung, wie ein Feuerschweif über Juwelen. Dies tritt an die Stelle des hörbaren Atems der lyrischen Eingebung von einst oder der persönlichen enthusiastischen Richtung des Ausdrucks.[334]

Das von Mallarmé postulierte „Verschwinden der dichterischen Beredsamkeit" wird bei

332 Vgl. ebd., S. 513.

333 Vgl. Claudia Benthien: Die stumme Präsenz. Zur „Figur" des Schweigens bei Ödön von Horváth, in: Brandstetter (Hrsg.): De figura, S. 195–220, hier S. 196.

334 Stéphane Mallarmé: Œuvres complètes. Édition de Georges Jean-Aubry et Henri Mondor. Paris: Gallimard, 1945 (Bibliothèque de la Pléiade). Übersetzung nach Paul Hoffmann: Symbolismus. München: Fink, 1987, S. 16.

Rilke zum schweigenden Sprechen radikalisiert. In Rilkes Fall überlässt er die Initiative des Sinns nicht nur den Wörtern, sondern auch dem Schweigen. Die antike Rhetorik klassifiziert unter dem Sammelbegriff ‚Worteinsparung' zahlreiche Formen des Schweigens: *Aposiopese, Ellipse oder Apokoinu,* die bereits probeweise in vorheriger Behandlung analysiert werden. Solche rhetorischen Mittel erzeugen die affektbetonten Leerstellen im Gedicht, die zunächst die Erinnerungen an den historischen Horizont eines Wortes, eines Motivs hervorrufen. „Dennoch, wir wissen ihn nicht zu nennen, wir raten ... / Und Erinnerung geht zu ihm über, / die wir von rufbaren Stunden erbaten." (SaO II. 6) In der vorhergehenden Analyse des Sonetts I. 7 und I. 13 wird das Schweigen mit einem Verdichtungsprozess gekoppelt, der sich als gewisse Kondensation der Bedeutung verstehen lässt. Zum Wesen des Gedichts schreibt Rilke im Brief an Nanny von Escher am 22. Dezember 1923:

> Aber es liegt im Wesen dieser Gedichte, in ihrer Kondensierung und Verkürzung (darin, wie sie häufig lyrische Summen nennen, statt die Posten anzureihen, die zum Ergebnis nötig waren), daß sie mehr angelegt erscheinen, mittels der Eingebung des Gleichgerichteten, als mit dem, was man „Verstehen" nennt, allgemein erfaßt zu werden.[335]

Zu den „lyrische[n] Summen" zählen Rilkes Figuren wie z. B. Tanz, Baum, Brunnen / Fontäne und Ball, die sich in zahlreichen Gedichten behandelt fin-den. Sie lassen Horizonte der anderen Gedichte einbeziehen, die die gleiche Figur zum Thema machen. In den intendierten Leerstellen können solche Horizonte uneingeschränkt auftauchen. Daher werden Rilkes Figuren gleichzeitig durch „Kondensierung und Verkürzung" gekennzeichnet, weil die Verkürzung keine Eintönigkeit bedeutet, sondern die bewusste Worteinsparung zugunsten der Aktivierung der evokativen Kraft. Indem z. B. die poetische Figur bis zu einem Nomen reduziert wird, werden die Assoziationen mit anschaulichen Gegenständen getilgt. Durch diese Bereinigung der wirklichen Stoffe transzendieren die Dinge ihre anschaulich-materielle Existenz und gewinnen eine reine bzw. transzendente Form. In dieser reinen Form lässt die Figur sein Wesen deutlicher darstellen qua reine Bewegung.
Alle Rilkes essenziellen Figuren werden durch die Bewegungsmomente charakterisiert. Selbst der Baum wird von der inneren Dynamik geprägt. Die Bewegungsmomente des Schweigens, das bei Rilke gleichsam als Stille bezeichnet wird, nimmt er bereits in seinem Vortrag über Rodin zur Kenntnis: „Auch die Stille, wo Stille war, bestand aus hundert und hundert Bewegungsmomenten, die sich im Gleichgewicht hielten." (KA 4, 407) Die latente Bewegung geht aus unendlichen lautlosen Anrufen der Standbilder hervor. Erst im Schweigen ist diese grundlegende Bewegung als Inbegriff aller in Gleichgewicht stehenden Bewegungsmomente spürbar. Nichts anderes als die Parabelsbewegung des Balls kann diese Charakteristik der Bewegung besser darstellen. Im Jahre 1918 hat Rilke selber

335 Brief an Nanny von Escher (22.12.1923), in: Briefe aus Muzot 1921–1926, S. 220. Hinweis von Gerok-Reiter, a. a. O., S. 264.

ein mit *Der Ball*[336] betiteltes Gedicht als sein bestes bezeichnet, weil er in ihm „gar nichts als das fast Unaussprechbare einer reinen Bewegung ausgesprochen"[337] hat. Die Ball-Figur erscheint auch in den Terzett-Strophen des Sonetts II. 8:

> 3 Wagen umrollten uns fremd, vorübergezogen,
> Häuser umstanden uns stark, aber unwahr, – und keines
> kannte uns je. Was war wirklich im All?
>
> 4 Nichts. Nur die Bälle. Ihre herrlichen Bogen.
> Auch nicht die Kinder ... Aber manchmal trat eines,
> ach ein vergehendes, unter den fallenden Ball.

Das erste Terzett stellt die Umgebung der großen Stadt dar, die als „fremd" (V. 9) und „unwahr" (V. 10) beschrieben wird. Anschließend stellt sich die Frage nach dem Wirklichen. (V. 11) Hier geht es wieder um die Relation zwischen „wahr" und „wirklich". Das Wahre steht in der Bedeutung vom Ursprünglichen, Vertrauenswerten; das Wirkliche bedeutet „real, tatsächlich" und gilt als Gegensatz zu bloß Scheinbarem oder Eingebildetem. Die Realität war aber nicht unbedingt vertrauenswert – „Was war wirklich im All?" (V. 11) Gemeint ist: Was ist die Wirklichkeit im Ganzen, nämlich zugleich in Wahrheit? „Das Wahre ist das Ganze." so schreibt Hegel in der Vorrede der *Phänomenologie des Geistes*.[338] Das letzte Terzett antwortet darauf zunächst schlicht mit „Nichts" (V. 12), dann bringt die Ball-Figur als Relativierung zu dieser totalen Negation ins Spiel. Von der radikalen Leerung der Inhalte bleibt zuletzt nur der Bogen der Bälle unberührt, der sich an der nächsten Stelle einschränkend zum „Nichts" verhält und damit eine reine Bewegung darstellt. Zu erkennen ist wiederum der Zusammenhang zwischen Reinheit und Leerheit. Das Wort „Bälle" tritt ohne jedes Attribut in den Raum. (V. 12) Die erwartete Zuordnung zu einem anschaulichen Signifikanten wird nicht eingelöst. Damit wird die Aufmerksamkeit vollständig auf die Bälle bzw. ihre reine Bewegung gesetzt: Die herrlichen Bogen erstrecken sich im Raum. (V. 12) Die Mehrzahl der Bälle impliziert zudem die Allgegenwärtigkeit und Permanenz der Parabelbewegung, die zu ihren prototypischen Zügen gehört. In der Parabelbewegung konkretisiert sich Rilkes Zeitverständnis vollkommen. An dem höchsten Punkt der Parabel entsteht die höhere Gleichzeitigkeit von Steigen und Fallen.[339] Dieser

336 Der Ball

> Du Runder, der das Warme aus zwei Händen
> im Fliegen, oben, fortgiebt, sorglos wie
> sein Eigenes; was in den Gegenständen
> nicht bleiben kann, zu unbeschwert für sie,
>
> zu wenig Ding und doch noch Ding genug,
> um nicht aus allem draußen Aufgereihten
> unsichtbar plötzlich in uns einzugleiten:
> das glitt in dich, du zwischen Fall und Flug
> [...] (SW 1, 639f)

337 Elisabeth v. Schmidt-Pauli: R. M. Rilke: Ein Gedenkbuch. Basel: Schwabe, 1940, S. 20.

338 Hegel: Werke in 20 Bänden mit Registerband. Bd. 3: Phänomenologie des Geistes. Frankfurt a. M.: Suhrkamp, 1979, hier S. 24.

339 Vgl. Allemann: a. a. O., S. 60.

Augenblick bringt die vollzählige Zeit ans Licht, wobei Aufstieg und Fall, Vergangenheit und Zukunft zum Eins vereinigt werden. Die mit Begriffen schwer übermittelte Gleichzeitigkeit wird in der Parabelbewegung des Balls lapidar aber pointiert dargestellt. Ihr höchster Punkt kann auch als Augenblick für die Erfüllung der Identität von Wahrnehmung und Darstellung betrachtet werden.

Die Reinheit der Darstellung wird nicht zur Dürre des Ausdrucks degradiert. Sie meint nur die Korrespondenz der Bewegungsmomente miteinander in den Figuren. Zur Bewegungsfigur des Bogens tritt noch eine weitere Figur hinzu: ein Kind, das „vergeht", als es unter den herabfallenden Ball tritt (V. 13–14). Die Interjektion „ach" bekräftigt auf subtile Weise den Akt der poetischen Reflexion.[340] Die zwei Sprachbilder überlappen sich auf der semantischen Ebene. Das Kind, das selbst als „vergehend" beschrieben wird, kann auch als „fallend" bezeichnet werden. Damit fallen die Bilder von Ball und Kind zusammen und werden in eine belebte Bewegungsfigur integriert. Zudem sind die „Bogen" (V. 12) durch die Reime mit dem Wort „vorübergezogen" (V. 9) im ersten Terzett gekoppelt. Dadurch wird die Vergänglichkeit der ephemeren Bewegung des Balls unterstrichen. Zusammenfassend steht fest, dass das Bedeutungsfeld des Balls durch andere Wörter bzw. Figuren konstruiert wird. Somit wird eine nuancierte Darstellung des dichterischen Ideals zustande gebracht, worin sich die Wörter durch die „gegenseitige Spiegelung" entzünden und gemeinsam schweigend sprechen.

340 Vgl. König u. Bremer (Hrsg.): a. a. O., S. 185.

5 Schlussbetrachtung: Selbstgespräch als Reflexion

Mit der hörenden Haltung binden sich die *Sonette an Orpheus* an die Tradition der Musen zurück und greifen die Einheit von Hören und Sagen auf. Damit erweist sich der Zyklus zunächst als Weiterführung der Tradition aus der Antike. Andererseits manifestiert er im bewussten Umgang mit dem tradierten Sprach und Formmaterial die Idee einer erneuerten Poetologie auf hohem Reflexionsniveau.

Mit seiner Anrede „an Orpheus" führt die Sprechinstanz ihre Anrede oft zugleich als Selbstgespräch mit dem göttlichen Dichter in ihr. Das Hören wird durch die Identität mit dem Sprechen aktiv als „Er–hören" ausgelegt: Man schaffe (er–höre), was man höre und wovon man dann im Sprechen erhört werde.[341] Dabei wird die Reflexivität der Poetik des Hörens unterstrichen, die auch dem gesteigerten Grad an Selbstreflexion moderner Dichtung entspricht.

In Rilkes Poetik des Hörens steht im Zusammenhang mit seiner zunehmenden Beachtung der musikalischen Darstellungsform das dialektische Verhältnis von Verinnerlichung und Äußerung im Vordergrund. Bei der ersteren geht es um Rilkes Rezeption ‚des Offenen', die sich auf das Zurückhalten des Subjekts bzw. das Einswerden mit dem Ganzen bezieht. Hier wird über die Rolle des schaffenden Subjekts in der Moderne reflektiert. Bei der letzteren wird die Thematik der Differenz und der Relation zwischen Wahrnehmung und Darstellung aufgegriffen. Dabei handelt es sich um die Grenze der menschlichen Sprache und ihre mögliche Überschreitung in der poetischen Artikulation.

Die poetologische Programmatik der Verwandlung zwischen Sichtbarem und Unsichtbarem ist für Rilkes späte Phase von zentraler Bedeutung. Die Konzeption der Bewegung spielt dabei eine zentrale Rolle. Fast alle poetischen Figuren in den *Sonetten* befinden sich in der Bewegung oder stehen im Zusammenhang mit ihr. Als Medium der Bewegung wird dem dichterischen Raum, der in der poetologischen Tradition keine ausreichende Einschätzung findet und auch von dem plastischen und malerischen Raum behutsam zu unterscheiden sei, von Rilke eine unvergleichbare Bedeutsamkeit beigemessen. In ihm erfolgen sowohl das Hören als auch das Sprechen, und vor allem die wechselseitige Verwandlung zwischen dem Sichtbaren und dem Unsichtbaren. Das überlieferte Verständnis zur Relation zwischen Subjekt und Welt, dem nach die beiden sich zu einander binär oder dualistisch verhalten, erhält in dem dichterischen Raum eine angemessene Modifikation. In diesem als Weltinnenraum verschwindet nämlich eine klare Grenze zwischen Subjekt und Objekt, die als Gegengewicht in einer gemilderten Spannung in das Ganze bzw. Eins aufgehoben werden sollen.

Zugunsten der Darstellung einer reinen Bewegung sollen Rilke zufolge die wirklichen Stoffe bis zur Kontur reduziert werden. Die Leerstellen in dem dichterischen Raum aktivieren die evokative Kraft und rufen die Erinnerungen hervor, die innerhalb Rilkes Schaffen quer auf andere Gedichte mit gleicher Thematik verweisen. Die Erinnerung ist daher wiederum eine Reflexion zu dem vorher Verinnerlichten und vorbereitend für das

341 Vgl. König u. Bremer (Hrsg.): a. a. O., S. 12.

schweigende Sprechen, i. e. die Äußerung. Die dichterische Bewegung symbolisiert im Grunde eine dichterische Reflexionsform. Insofern lässt sich behaupten, dass sich der Hör–Raum der *Sonette* in der Struktur der dichterischen Selbstreflexion konstruiert, die bis zum Selbstvergessen reicht.

Mit der vorliegenden Untersuchung war die Absicht verbunden, einen Blick auf den poetologischen Aspekt der *Sonette an Orpheus* zu werfen und von dem Schlüsselwort ‚Hören' ausgehend einen Beitrag zur Rilkes späten Poetik zu leisten. Dabei bleiben sicherlich noch viele offene Forschungsräume. Die weiterführende Auseinandersetzung könnte mit Bezug auf Rilkes andere späten Werke erfolgen und die Kategorie ‚Hören' eingehender bearbeiten.

6 Bibliographie

6.1 Werke Rilkes und Siglen

SW Sämtliche Werke, 7 Bde. Hrsg. vom Rilke-Archiv in Weimar; in Verbindung mit Ruth Siber-Rilke besorgt durch Ernst Zinn. Wiesbaden: Insel-Verl., 1955ff.

SW 1 Gedichte. Erster Teil. Wiesbaden: Insel-Verl., 1955.

SW 2 Gedichte. Zweiter Teil. Wiesbaden: Insel-Verl., 1957.

SW 6 Malte Laurids Brigge. Prosa 1906–1926. Wiesbaden: Insel-Verl., 1966.

KA Werke. Kommentierte Ausgabe in vier Bdn. Bd. 4. Schriften. Hrsg. von Manfred Engel, Ulrich Fülleborn, Horst Nalewski und August Stahl. Frankfurt am Main und Leipzig: Insel Verlag, 1996ff.

KA 2 Gedichte 1910–1926. Frankfurt am Main und Leipzig: Insel Verlag, 1996.

KA 4 Schriften. Frankfurt am Main und Leipzig: Insel Verlag, 1996.

DE / SaO: Duineser Elegien. Die Sonette an Orpheus, nach den Erstdrucken von 1923 kritisch hrsg. von Wolfram Groddeck. Stuttgart: Reclam, 1997 (Reclams Universal-Bibliothek 9624).

Rilke, Rainer Maria: Briefe aus Muzot 1921–1926. Hrsg. von Ruth Sieber-Rilke. Leipzig: Insel-Verl., 1935.

Briefe 1. 1897 bis 1914. Hrsg. vom Rilke-Archiv in Weimar; in Verbindung mit Ruth Siber-Rilke besorgt durch Karl Altheim. Wiesbaden: Insel-Verl., 1950.

—, Marie von Thurn und Taxis: Briefwechsel. Hrsg. von Ernst Zinn. Zürich: Niehans & Rokitansky, 1951.

—, Briefe über Cézanne. Hrsg. von Clara Rilke. Frankfurt am Main: Insel-Verlag, 1977.

—, Briefwechsel / Rainer Maria Rilke; Lou Andreas-Salomé. Hrsg. von Ernst Pfeiffer. 1. Aufl. Frankfurt am Main: Insel-Verl., 1989.

—, Briefe 2. 1919 bis 1926. 1. Aufl.. Frankfurt am Main; Leipzig: Insel-Verl., 1991.

—, Briefe an Schweizer Freunde. Hrsg. von Rätus Luck. Frankfurt am Main: Insel, 1994.

—, Briefwechsel mit Magda von Hattingberg „Benvenuta". Hrsg. von Ingeborg Schnack, Renate Scharffenberg. Frankfurt a. M.: Insel, 2000.

—, Briefe an die Mutter 1896 bis 1926. 2 Bde.. Hrsg. von Hella Sieber-Rilke. Frankfurt am Main: Insel, 2009.

6.2 Werke anderer Autoren

Adorno, Theodor W.: Über einige Relationen zwischen Musik und Malerei, in: ders.: Gesammelte Schriften, Bd. 16. Musikalische Schriften I-III. Hrsg. von Rolf Tiedemann. 1. Aufl. 1978, Frankfurt am Main: Suhrkamp, 1978, S. 628–644.

Benjamin, Walter: Über die Sprache, in: ders.: Schriften 2. Hrsg. von Th. W. Adorno und Gretel Adorno unter Mitw. von Friedrich Podszus. Frankfurt a. M.: Suhrkamp, 1955, S. 401–419.

Bergson, Henri: Philosophie der Dauer. Textauswahl von Gilles Deleuze; aus dem Französischen übersetzt von Margarethe Drewsen. Hamburg: Felix Meiner Verlag, 2013.

Braak, Ivo: Poetik in Stichworten: literaturwissenschaftliche Grundbegriffe. 8., überarb. und erw. Aufl.. Berlin; Stuttgart: Borntraeger, 2001.
Busoni, Ferruvvio: Entwurf einer neuen Ästhetik der Tonkunst. Zweite, erweiterte Ausgabe. Leipzig: Insel, 1916. Mit Anmerkungen von Arnold Schönberg und einem Nachwort von Hans Heinz Stuckenschmidt. Frankfurt a. M. 1974.
Cézanne, Paul: Über die Kunst. Gespräche mit Gasquet und Briefe. Hrsg. von Walter Hess. Hamburg: Rowohlt, 1957.
Creuzer, Friedrich: Symbolik und Mythologie der alten Völker, besonders der Griechen. Teil 1. 2., völlig umgearb. Aufl.. Leipzig; Darmstadt: Leske, 1819.
Diels, Hermann (Hrsg.): Die Fragmente der Vorsokratiker. Griechisch und deutsch. Berlin: Weidmann, 1903.
Gadamer, Hans-Georg: Mythos und Logos (1981), in: ders.: Gesammelte Werke 8: Ästhetik und Poetik I, S. 170–173.
—, Mythos und Vernunft (1954), in: ders.: Gesammelte Werke 8: Ästhetik und Poetik I. Kunst als Aussage. Tübingen: Mohr, 1993, S. 163–169.
George, Stefan: Werke. Ausgabe in zwei Bänden. Bd.1. Stuttgart: Klett-Cotta, 1984.
Goethe, Johann Wolfgang von: Gedenkausgabe der Werke, Briefe und Gespräche 1. Sämtliche Gedichte: erster Teil: Ausgabe letzter Hand. Zürich: Artemis Verl., 1950.
Hamann, Johann Georg: Sämtliche Werke 3. Schriften über Sprache, Mysterien, Vernunft; 1772–1788. Wien: Herder, 1951.
—, Sokratische Denkwürdigkeiten. Aesthetica in nuce. Stuttgart: Reclam, 1968.
Hegel, Georg Wilhelm Friedrich: Werke in 20 Bänden mit Registerband. Bd. 15: Vorlesungen über die Ästhetik, 3. Frankfurt a. M: Suhrkamp, 1970.
—, Werke in 20 Bänden mit Registerband. Bd. 3: Phänomenologie des Geistes. Frankfurt a. M.: Suhrkamp, 1979.
Heidegger, Martin: Gesamtausgabe 55: Abt. 2, Vorlesungen 1923 - 1944. Heraklit. Frankfurt am Main: Klostermann, 1979.
—, Wozu Dichter?, in: ders.: Holzwege. 8.,unveränd. Aufl.. Frankfurt am Main: Klostermann, 2003, S. 248–295.
Homerus, Ilias: griechisch - deutsch: mit Urtext, Anhang und Registern. Übertragen von Hans Rupé. 16. Auflage. Berlin: De Gruyter, 2014.
Imdahl, Max: Gesammelte Schriften 3. Reflexion, Theorie, Methode. Hrsg. und eingel. von Gottfried Boehm. 1. Aufl.. Frankfurt am Main: Suhrkamp, 1996.
Kant, Immanuel: Kritik der reinen Vernunft, in: ders.: Die drei Kritiken. Hrsg. von der Königlich Preußischen Akademie der Wissenschaften, Berlin 1902ff. Köln: Anaconda, 2015.
Kierkegaard, Søren: Der Begriff Angst. Uebers., mit Einl. u. Komm. hrsg. von Hans Rochol. Hamburg: Meiner, 1984.
Koch, Anton Friedrich: Philosophie und Religion. Stuttgart: Alfred KrönerVerlag, 2020.
Lessing, Gotthold Ephraim: Laokoon. Hrsg. von Wilfried Barner. Deutscher Klassiker Verlag. Lessing 1766 XXIII.

Mallarmé, Stéphane: Œuvres complètes. Édition de Georges Jean-Aubry et Henri Mondor. Paris: Gallimard, 1945 (Bibliothèque de la Pléiade).
Nietzsche, Friedrich: Sämtliche Werke 1. Die Geburt der Tragödie. Stuttgart: Kröner, 1964.
Ovidius Naso, Publius: Metamorphosen: lateinisch-deutsch. Herausgegeben und übersetzt von Niklas Holzberg. Berlin; Boston: De Gruyter, 2017.
Platon: Der Staat: griechisch-deutsch; übersetzt von Rüdiger Rufener; Einführung, Erläuterungen, Inhaltsübersicht und Literaturhinweise von Thomas Alexander Szlezák. Düsseldorf; Zürich: Artemis und Winkler, 2000.
Poe, Edgar Allan: The Poetic Principle. Hoboken, N.J.: Generic NL Freebook Publisher, 1999.
Schiller, Friedrich: Der Briefwechsel zwischen Schiller und Goethe 1. Briefe der Jahre 1794 - 1797. München: Beck, 1984.
—, Sämtliche Werke, Bd. 5. Auf Grund der Originaldrucke. Hrsg. von Gerhard Fricke. München: Hanser, 1962.
—, Ueber die ästhetische Erziehung des Menschen, in: Friedrich Schiller (Hrsg.): Die Horen, Band 1, 2. Stück. Tübingen, 1795.
Schlegel, August Wilhelm von: A. W. Schlegels Vorlesungen über schöne Literatur und Kunst. Dritter Teil (1803 - 1804): Geschichte der romantischen Litteratur. Hrsg. von Jakob Minor. Stuttgart: Göschen 1884.
Valéry, Paul: Eupalinos oder Der Architekt. Übertragen von Rainer Maria Rilke. Berlin: Suhrkamp, 2018.
—, Zur Theorie der Dichtkunst: Aufsätze und Vorträge. Übertragen von Kurt Leonhard. Frankfurt a. M.: Insel-Verl., 1962.

6.3 Literatur

Allemann, Beda: Rilke und der Mythos, in: Rilke heute. Beziehungen und Wirkungen. Bd. 2. Hrsg. von Ingeborg Hildegard Solbrig, Joachim W. Storck. Berlin: Suhrkamp, 1976.

—, Zeit und Figur beim späten Rilke: ein Beitrag zur Poetik des modernen Gedichtes. Pfullingen: Neske, 1961.
Auerbach, Erich: Figura, in: ders.: Gesammelte Aufsätze zur romanischen Philologie. Hrsg. durch Gustav Konrad. Bern: Francke, 1967, S. 55–92.
Benthien, Claudia: Die stumme Präsenz. Zur „Figur" des Schweigens bei Ödön von Horváth, in: Gabriele Brandstetter (Hrsg.): De figura, Rhetorik, Bewegung, Gestalt. München: Fink, 2002, S. 195–220.
Betz, Maurice: Rilke in Frankreich: Erinnerungen, Briefe, Dokumente. Aus d. Franz. übers. von Willi Reich. Wien; Leipzig; Zürich: Reichner, 1938.
Brandstetter, Gabriele (Hrsg.): De figura: Rhetorik, Bewegung, Gestalt. München: Fink, 2002.
Buddeberg, Else: Heideggers Rilkedeutung, in: DVjs 27 (1953), S. 387–412.
—, Rainer Maria Rilke: eine innere Biographie. Stuttgart: Metzler, 1955.

Cid, Adriana: Mythos und Religiosität im Spätwerk Rilkes. Frankfurt am Main: Lang, 1992.
Eckel, Winfried: Landschaft als Klangraum. Zum Soundscape des Wallis in Rilkes später Lyrik, in: Thomas Martinec (Hrsg.): Rilkes Musikalität. Göttingen: V & R unipress, 2019, S. 113–138.
—, Musik, Architektur, Tanz. Zur Konzeption nicht-mimetischer Kunst bei Rilke und Valéry, in: Rilke und die Weltliteratur. Hrsg. von Manfred Engel und Dieter Lamping. Düsseldorf: Artemis & Winkler, 1999, S. 236–259.
Egel, Antonia: „Musik ist Schöpfung“: Rilkes musikalische Poetik. Würzburg: Ergon Verlag, 2014.
Eikels, Kai van: Die erste Figur: Zum Verhältnis von Bewegung und Zeit, in: Gabriele Brandstetter (Hrsg.): De figura: Rhetorik, Bewegung, Gestalt. München: Fink, 2002, S. 33–50.
Endreva, Maria: Die Kunstauffassung in Rilkes kunstkritischen Schriften. Frankfurt am Main [u.a.]: Lang, 2014.
Engel, Manfred (Hrsg.): Rilke-Handbuch: Leben - Werk - Wirkung. Unter Mitarb. von Dorothea Lauterbach. Stuttgart; Weimar: Metzler, 2004.
—, Die Sonette an Orpheus als Beginn des spätesten Werkes, in: Karen Leeder; Robert Vilain (Hrsg.): Nach Duino: Studien zu Rainer Maria Rilkes späten Gedichten. Göttingen: Wallstein-Verl., 2010, S. 15–27.
Engelhardt, Hartmut: Der Versuch, wirklich zu sein: zu Rilkes sachlichem Sagen. Frankfurt a. M.: Suhrkamp, 1973.
Eom, Seon-Ae: Todesvertrautheit: Deutungen der Orpheus-Gestalt in Rilkes Dichtung. Frankfurt am Main [u.a.]: Lang, 1988.
Fechner, Jörg-Ulrich (Hrsg.): Das deutsche Sonett. Dichtungen Gattungspoetik · Dokumente. München: Wilhelm Fink Verlag, 1969.
Frank, Manfred: Vorlesungen über die neue Mythologie I. Der kommende Gott. 1. Aufl.. Frankfurt am Main: Suhrkamp, 1982.
—, Rilkes Orpheus, in: ders.: Vorlesungen über die neue Mythologie II. Gott im Exil. 1. Aufl. Frankfurt am Main: Suhrkamp, 1988, S. 180–211.
Friedrich, Hugo: Die Struktur der modernen Lyrik. Von der Mitte des neunzehnten bis zur Mitte des zwanzigsten Jahrhunderts. Reinbek bei Hamburg: Rowohlt Taschenbuch-Verlag, 2006.
Fülleborn, Ulrich / Engel, Manfred (Hrsg.): Das neuzeitliche Ich in der Literatur des 18. und 20. Jahrhunderts: zur Dialektik der Moderne; ein internationales Symposion [in Nürnberg und Erlangen vom 15. bis 18. August 1985]. München: Fink, 1988.
—, Das Strukturproblem der späten Lyrik Rilkes: Voruntersuchung zu einem historischen Rilke-Verständnis. Heidelberg: Winter, 1960.
Geelhaar, Christian: Paul Klee, in: Karin v. Maur (Hrsg.): Vom Klang der Bilder: die Musik in der Kunst des 20. Jahrhunderts. Mit Beitr. von Friedrich Teja Bach. München: Prestel, 1985, S. 422–429.

Gerok-Reiter, Annette: Wink und Wandlung: Komposition und Poetik in Rilkes „Sonette an Orpheus". Tübingen: Niemeyer, 1996.
Gockel, Heinz: Mythos und Poesie: zum Mythosbegriff in Aufklärung und Frühromantik. Frankfurt am Main: Klostermann, 1981.
Görner, Rüdiger: Im Klang der Verwandlung. Rilkes Fragen nach dem Wesen der Musik, in: Thomas Martinec (Hrsg.): Rilkes Musikalität. Göttingen: V & R unipress, 2019, S. 15–28.
—, Rainer Maria Rilke: Im Herzwerk der Sprache. Wien: Zsolnay, 2004.
Goth, Maja: Rilke und Valéry: Aspekte ihrer Poetik. Bern [u.a.]: Francke, 1981.
Grimm, Wilhelm: Zur altdeutschen Metrik, in: W. G., Jacob Grimm: Altdeutsche Wälder. Bd. 1. Kassel, 1813.
Groddeck, Wolfram: »Heiter und verteilt«. Zyklische Ordnung und metrische Metamorphose in den Sonetten an Orpheus, in: Rilke in Bern: Sonette an Orpheus. Hrsg. von Jörg Paulus und Erich Unglaub. Göttingen: Wallstein Verl., 2014, S. 145–158.
Herold, Milan / Bernsen, Michael (Hrsg.): Der lyrische Augenblick: eine Denkfigur der Romania. Berlin [u.a.]: de Gruyter, 2015.
Hoffmann, Paul: Symbolismus. München: Fink, 1987.
Holthusen, Hans Egon: Rilkes Sonette an Orpheus: Versuch einer Interpretation. München: Neuer Filser-Verl., 1937.
Kerenyi, Karl: Die Heroen der Griechen. Zürich: Rhein-Verlag, 1958.
Köhnen, Ralph: Sehen als Textkultur: intermediale Beziehungen zwischen Rilke und Cézanne. Bielefeld: Aisthesis-Verl., 1995.
Koller, Hermann: Die Mimesis in der Antike: Nachahmung, Darstellung, Ausdruck. Bernae: Francke, 1954.
König, Christoph / Bremer, Kai (Hrsg.): Uber „Die Sonette an Orpheus" von Rilke: Lektüren. Im Auftrag des Peter Szondi-Kollegs. Göttingen: Wallstein Verlag, 2016.
—, „O komm und geh": skeptische Lektüren der „Sonette an Orpheus" von Rilke. Göttin gen: Wallstein, 2014.
Krämer, Thomas: Rilkes „Sonette an Orpheus": Erster Teil. Ein Interpretationsgang. Würzburg: Königshausen & Neumann, 1999.
Langer, Susanne K.: Philosophie auf neuem Wege: das Symbol im Denken, im Ritus und in der Kunst. 2., unveränd. Aufl.. Mittenwald: Mäander, 1979.
Leisi, Ernst: Rilkes Sonette an Orpheus: Interpretation, Kommentar, Glossar. Tübingen: Narr, 1987.
Luban-Plozza, Boris; Mario Delli Ponti; Hans H. Dickhaut.: Musik als Zeitkunst, in: T. Graf-Baumann (Hrsg.): Musik und Psyche: hören mit der Seele. Basel: Birkhäuser, 1988, S. 183–190.
Martinec, Thomas (Hrsg.): Rilkes Musikalität. Göttingen: V & R Unipress, 2019.
—, Musik und Verwandlung in Rilkes Sonetten an Orpheus, in: Rilke in Bern: Sonette an Orpheus. Hrsg. von Jörg Paulus und Erich Unglaub. Göttingen: Wallstein Verl., 2014, S. 159–174.

Meyer, Herman: Die Verwandlung des Sichtbaren, in: ders.: Zarte Empirie. Studien zur Literaturgeschichte. 1963, S. 287–336.
Mörchen, Hermann: Rilkes Sonette an Orpheus. Stuttgart: Kohlhammer, 1958.
Nestle, Wilhelm: Vom Mythos zum Logos: die Selbstentfaltung des griechischen Denkens von Homer bis auf die Sophistik und Sokrates. Stuttgart: Kröner, 1940.
Otto, Walter F.: Die Musen und der göttliche Ursprung des Singens und Sagens. Darmstadt: Wiss. Buchgemeinschaft, 1954.
Park, MiRi: Jenseits der Referenz: Ästhetik und Poetik der Abstraktion im mittleren Werk R. M. Rilkes: („Auguste Rodin", „Briefe über Cézanne", „Neue Gedichte"). München: M–Press Meidenbauer, 2008.
Pasewalck, Silke: »Die fünffingrige Hand«. die Bedeutung der sinnlichen Wahrnehmung beim späten Rilke. Berlin; New York: de Gruyter, 2002.
Paulus, Jörg / Unglaub, Erich (Hrsg.): Rilke in Bern: Sonette an Orpheus. Göttingen: Wallstein Verl., 2014.
Pott, Sandra: Poetiken. Poetologische Lyrik, Poetik und Ästhetik von Novalis bis Rilke. Berlin; New York: de Gruyter, 2004.
Potthoff, Elisabetta: Ein orphischer Gesang zur Überwindung der Vergänglichkeit. Zu Rilkes Sonetten an Orpheus, in: Im Dialog mit der Moderne. Zur deutschsprachigen Literatur von der Gründerzeit bis zur Gegenwart. Festschrift für Jacob Steiner. Hrsg. von Roland Jost, Hansgeorg Schmidt Bergmann. Frankfurt a. M. 1986, S. 115–169.
Rehm, Walther: Orpheus: der Dichter und die Toten; Selbstdeutung und Totenkult bei Novalis, Hölderlin, Rilke. Düsseldorf: Schwann, 1950.
Schmidt–Pauli, Elisabeth v.: R. M. Rilke: Ein Gedenkbuch. Basel: Schwabe, 1940.
Schuster, Jana: »Umkehr der Räume«. Rainer Maria Rilkes Poetik der Bewegung. 1. Aufl.. Berlin: Rombach, 2011.
Sdun, Winfried: Zum Begriff des Spiels bei Kant und Schiller, in: Kant–Studien 57 (1966), S. 500–518.
Seidel, Wilhelm: Rhythmus: eine Begriffsbestimmung. 1. Aufl.. Darmstadt: Wiss. Buchges., 1976.
Söllner, Eva (Hrsg.): Rilke in Spanien. Briefe. Gedichte. Tagebücher. Frankfurt a. M.: Insel, 1993.
Steiner, Jacob: Rilke: Vorträge und Aufsätze. Karlsruhe: von Loeper, 1986.
Sutherland, Marielle: Der Klang und die Stille im Text: Rilkes Sonette an Orpheus, in: Karen Leeder; Robert Vilain (Hrsg.): Nach Duino: Studien zu Rainer Maria Rilkes späten Gedichten. Hrsg. von Leeder, Karen; Robert Vilain. Göttingen: Wallstein–Verl., 2010, S. 28–42.
Vietta, Silvio (Hrsg.): Moderne und Mythos. München: Fink, 2006.
Wais, Karin: Studien zu Rilkes Valéry–Übertragungen. Tübingen: Niemeyer,1967.
Waldenfels, Bernhard: Ordnungen des Sichtbaren, in: Gottfried Boehm (Hrsg.): Was ist ein Bild? München: Fink, 1994, S. 233–252.

Weidlé, Wladimir: Gestalt und Sprache des Kunstwerks: Studien zur Grundlegung einer nichtästhetischen Kunsttheorie. Mittenwald: Mäan der Kunstverl., 1981.

6.4 Lexika / Wörterbücher / Sonstiges

Blume, Friedrich (Hrsg.): Die Musik in Geschichte und Gegenwart. Allgemeine Enzyklopädie der Musik. Bd. 11. Kassel: Bärenreiter-Verlag, 1963.

Cancik, Hubert / Schneider, Helmuth (Hrsg.): Der neue Pauly: Enzyklopädie der Antike. Bd. 9: Altertum. Or – Poi. Stuttgart; Weimar: Metzler, 2000.

Grimm, Jacob / Grimm Wilhelm: Deutsches Wörterbuch. Erstbearbeitung (1854–1960), digitalisierte Version im Digitalen Wörterbuch der deutschen Sprache. URL: https://www.dwds.de/ (abgerufen am 2.1.2022)

Lanckau, Jörg: Tag / Tageszeiten (AT), in: Das wissenschaftliche Bibellexikon im Internet, URL: https://www.bibelwissenschaft.de/wibilex/das-bibellexikon/lexikon/sachwort/anzeigen/details/tag-tageszeiten-at/ch/9cf2e7f66aecdeca04f3a2b3b37b56c5/ (abgerufen am 9.1.2022)

Luther, Martin: Die Bibel: Lutherbibel revidiert 2017. Stuttgart: Deutsche Bibelgesellschaft, 2016, URL: https://www.die-bibel.de/bibeln/unsere-uebersetzungen/lutherbibel/ (abgerufen am 22.2.2022)

Paul, Hermann: Deutsches Wörterbuch. 9., vollst. neu bearb. Aufl.. Tübingen: Niemeyer, 1992.

Ritter, Joachim / Gründer, Karlfried (Hrsg.): Historisches Wörterbuch der Philosophie, Bd. 1, Basel: Schwabe Verlag, 1971.

Roscher, Wilhelm Heinrich (Hrsg.): Ausführliches Lexikon der griechischen und römischen Mythologie. Bd. 1, 1: Aba – Evan. Leipzig: Teubner, 1886.

—, Ausführliches Lexikon der griechischen und römischen Mythologie. Bd. 2,2: Laas – Myton. Leipzig: Teubner, 1894–1897.

Schäfer, Christian (Hrsg.): Platon-Lexikon: Begriffswörterbuch zu Platon und der platonischen Tradition. 2. Auflage. Darmstadt: WBG (Wissenschaftliche Buchgesellschaft), 2013.

Wahrig-Burfeind, Renate (Hrsg.): Deutsches Wörterbuch. 8., vollst. neu bearb. und aktualisierte Aufl. Gütersloh; München: Wissen-Media-Verl., 2006.

Weimar, Klaus (Hrsg.): Reallexikon der deutschen Literaturwissenschaft: Neubearbeitung des Reallexikons der deutschen Literaturgeschichte. 3 Bde. Bd I: A–G; Bd III: P–Z. Berlin: de Gruyter, 2007.

Die Bibel: Einheitsübersetzung der Heiligen Schrift; Gesamtausgabe; Psalmen und Neues Testament ökumenischer Text. Hrsg. im Auftr. der Bischöfe Deutschlands, Österreichs, Schweiz, des Bischofs von Luxemburg, des Bischofs von Lüttich, des Bischofs von Brixen. Für die Psalmen und das Neue Testament auch im Auftr. des Rates der Evangelischen Kirche in Deutschland und der Deutschen Bibelgesellschaft. Stuttgart: Kath. Bibelanst.; Stuttgart: Dt. Bibelges.; Klosterneuburg: Österr. Kath. Bibelwerk, 1999.